빠빠머리 앤

빡빡머리 앤

고정욱 · 김선영 · 박상률 · 박현숙 · 손현주 · 이상권

특별한서재

책을 펴내며

몇 년 전 가을이었다. 어느 여자고등학교에서 강연을 하고 있었다. 강연이란 대부분이 지나온 내 삶을 풀어놓는 과정인지라, 그것은 거의 고해성사에 가까운 아픔을 되새김질하는 순간이라서 언제부터인지 나는 강연도 내 속살을 깎아내는 일이라고 생각하고 있다. 허나 아직도 내 과거를 드러내는 일이 쉽지 않아서, 스스로 뭔가에 취하듯이 빠져들어야만 술술술 이야기를 풀어낼 수 있다. 그날도 간신히 그런 분위기를 만들어가고 있었다.

"난 대학을 졸업한 뒤에 힘겹게 들어간 작은 신문사를 그만두고, 내 꿈을 찾아나서겠다고, 나 자신에게 선언을 했어요. 그것은 정말이지 무모한 짓이었지요. 그래도 그러고 싶었어요. 난 거울 속에 있는 나에게 물었어요. '이게 맞니? 문학이 아니었으면, 책이 아니었으면 고등학교 때 넌 죽을 수도 있었는데……. 작가가 되겠다는 열망 하나로 그 시절을 버텨왔는데, 그걸 포기하는 게 맞니?'

하고 끊임없이 물었고, 결국 그 꿈을 향해 가기로 했어요. 왜 그랬는지 모르겠지만 난 대학원도 생각하지 않았고, 누군가에게 소설 쓰기를 배워야겠다는 생각도 하지 않았고, 그냥 돌아다니고 싶었어요. 어린 시절의 감수성을 되찾고 싶었어요. 그래서 당시 가장 좋은 카메라 하나 사서 전국을 돌아다녔죠. 산골마을, 섬, 온갖 곳을 다 돌아다녔어요. 그러면서 어른들 만나 이야기 듣고, 기록하고, 온갖 우리말을 채록했죠. 그러다가 밤이 되면 아무 데서나 잤어요. 시골 정자, 마을회관, 다리 밑, 들판에 쌓여 있는 짚 낟가리 틈. 그때만큼 남자인 게 좋았던 적이 없어요. 아무 데서나 신경 쓰지 않고 잘 수 있었으니까요……."

그렇게 내 이야기는 절정으로 향해 가고 있었는데, 갑자기 한 여학생이 그런 흐름을 자르면서 "선생님, 질문 있습니다!" 하고 손을 들었다. 이런 경우는 처음이었다. 뒤에 있던 선생님들도 당황하고 있었다. 나는 애써 미소를 지으며 무슨 질문이냐고 물었다. 그녀는 조금 망설이기는 했어도, 어떤 부당한 것에 맞서듯이 또박또박 말을 뱉어냈다.

"선생님 말을 듣다보니, 그렇게 자유롭게 돌아다니면서 마을회관이나 정자 같은 곳에서 잠을 잘 수 있는 것은 반드시 남자였기 때문에 가능했다는 식으로 들리는데요, 여자들이라고 해서 그렇게 하지 말라는 법은 없잖아요? 여자들은 그렇게 할 수 없나요?"

순간 멍해졌다. 선생님들이 더 당황하고는 어찌할 바를 몰라서 나만 쳐다보았다. 여차하면 개입할 태세였다. 나도 모르게 침을 한 번 삼키고, "아!" 하고 탄식했다. 그리고 내 가슴을 쳤다. 맞다! 여자라고 해서 그렇게 하지 말라는 법이 없다. 도무지 부정할 수가 없었다.

"맞아요! 남자들만 할 수 있는 건 아니죠. 그 말에 대해서 사과할게요. 아마도 내 마음속에는 '남자였으니까 가능했어', '여자였다면 불가능했을 거야' 그런 잘못된 생각이 들어 있었던 것 같아요……."

나는 그런 식으로 얼버무리듯이 대충 사과를 했다. 그러면서 나자신이 얼마나 부끄러웠는지 모른다. 나는 살아오면서 '성평등'이나 '종평등(종이 다른 동물들은 다 평등하다는 뜻)'에 대해서 그 누구보다도 예민하게 반응하고 옹호하려고 했던 사람이다. 하지만 그것은 어쩌면 내 겉모습일지도 모른다는 생각을 했고, 그래서 그 여학생의 지적이 진심으로 고마웠다. 나는 강의가 끝나고 나서 학교 선생님들에게도 똑같은 말을 했다. 그 여학생이 너무 고맙다고. 그러면서 나 역시 남자이고, 남자라는 존재가 갖고 있는 어떤 본질적(?)인 한계를 인정하지 않을 수 없었다.

그때부터 나는 성평등이나 페미니즘에 대한 생각을 다시 하게 되었고, 어느 날 우연히 특별한서재에 왔다가 그런 주제로 책을 내보는 것이 어떠하겠냐고 말했다. 그렇게 해서 이 책은 시작되었다.

사실 '성불평등'에 대한 문제는 오래전부터 우리 호모사피엔스가 안고 있는 어두운 그늘이었다. 우리나라도 마찬가지다. 더구나 인간이 세상의 중심이고 그중에서도 남자가 세상을 이끌어간다는 유교를 국가이념으로 받아들였던 조선시대는 여자들에게 끔찍한 세월이었다. 여자는 대를 잇게 해주는 생물학적인 개념이자, 남자를 뒷바라지해주는 존재로 인식되었다. 이런 성불평등에 대해서 불만이 있어도 공개적으로 말을 했다가는 큰 처벌을 받았다. 오로지 이름 없는 작가들이 쓴 소설을 보면서 위로받을 수밖에 없었다.

여자들은 『춘향전』과 『옥단춘전』, 『월하선전』, 『장끼전』 등을 읽으면서, 남성중심의 세상이 얼마나 불공평한지 알았고, 이야기 속에서만이라도 여성이 차별받지 않는 세상을 꿈꾸려고 했을 것이다. 겉으로는 춘향이나 옥단춘이 유교이념을 충실하게 수행한 정절녀로 표현되지만, 실은 권력을 가진 남자들의 허황된 모습을 풍자하면서 진심으로 정의에 저항하는 것은 여자들이라는 것을 암시한다.

『월하선전』은 『춘향전』이나 『옥단춘전』과는 달리 사랑하는 두 주인공이 집을 나와 도망을 쳐서 살림을 차린다. 기생이었던 월하선은 사랑하는 사람이 과거에 급제할 수 있도록 헌신적으로 도와준다. 그런 노력 때문인지 사랑하는 사람은 과거에 급제한다. 하지만 그의 아버지가 왕에게 아들의 과거급제를 무효화해달라고 탄원한다. 부모의 말을 듣지 않고 월하선과 몰래 도망쳤으니, 유교의 근본을 어겼다는 것이다. 당연히 당시 시대 상황으로 봐서는 왕은 과거급제를 취소하고 오히려 무거운 벌을 내렸어야 하는데, 소설 속에서는 오히려 왕이 월하선 부부를 칭찬하고 큰 벼슬을 내린다. 소설 속에서만 가능한 일이다.

역시 무명작가의 『장끼전』은 풍자문학의 별미인데, 이 소설 속에서는 당시로서는 상상도 할 수 없는 일이 벌어진다. 남자의 상징인 장끼는 권위적이고 늘 자신이 옳다고 생각한다. 장끼는 아내인 까투리의 말을 듣지 않았다가 인간이 놓은 덫에 걸려 죽어간다. 그러자 조문 오는 온갖 남편의 친구들이 까투리한테 재혼하자고 노골적으로 유혹한다. 조선시대에는 '열녀'라는 것이 여자가 가질 수 있는 가장 아름다운 미덕이라고 강요받던 시절인데, 그 수컷들이 노골적으로 재혼을 요청하다니! 까투리는 자신이 재혼을 하게 되면 사회적으로 비난을 받는다는 것을 알기 때문에 거절을 하지만, 결국 그 이듬해 봄에 사랑하는 사람을 따라간다. 세상은 여자의 정절을 강요하고 그것을 미덕으로 삼았지만, 실제 여자들의 마음은 그렇지 않았다는 것을 『장끼전』의 작가는 과감하게 표현했다.

그 시절에는 그렇게 '성불평등'을 인지한 사람이 있었다고 할지라도 소설 속에서만 이야기를 할 수 있었지, 실제로는 절대 말할 수 없었다.

과학자 칼 세이건은 불후의 명작인 『코스모스』에서 이렇게 말한다.

"수천 년 동안, 아니 그 이상 더 긴 세월을 통하여 여성은 하나의 소유물로서 참정권과 경제권을 박탈당한 채 살아왔다. 그러나 근대로 들어오면서 여성도 남성과 거의 동등한 권리를 누리기 시작했다.

이러한 현상은 극도의 후진사회에서도 볼 수 있는 변화이며……."

그러한 인간사회의 변화가 오늘날의 문명사회를 만들 수 있는 힘이 되었고, 그래서 호모사피엔스의 미래를 긍정적으로 상상하고 싶다는 그의 열망이 드러나 있는 대목이다.

실제로 그의 말처럼 이제는 '성불평등' 문제를 제기하면 어느 사회건 쉽게 부정하지 못한다. 우리 사회도 마찬가지다. 성불평등 때문에 생겨나는 온갖 문제를 공개적으로 제기하면 그 누구도 부정하지 못한다. 그러니까 여자들이 몰래 방에서 『월하선전』이나 『장끼전』을 읽던 시절하고는 완전 딴판이 된 셈이다. 그런데 공개적으로는 '성불평등'을 인정하는 것 같지만, 각 개인의 마음속을 들여다보면 꼭 그렇지도 않은 것 같다. 그동안 우리는 너무나도 오랫동안 남성위주로 된 사회 속에서 살아왔는데, 그런 사회가 쉽게 바뀌겠는가? 그러니 겉으로만 '성은 평등하다'고 할 뿐 실제 삶 속으로 들어가면 크게 달라진 것이 없다는 말이 나오는 것도 어찌 보면 당연하다.

얼마 전에 미국 〈워싱턴 포스트〉지는 한국의 한 여성 연예인의 자살 사건을 두고 "그녀의 죽음은 한국 사법 시스템이 여성들을 좌절시킨 또 하나의 사례임을 보여줬다."라고 보도했다. 재판 과정에서 남성 재판관들이 피해자의 인권을 전혀 고려하지 않은 채 사건의 본질을 교묘하게 흐리면서 가해 남성에게 유리한 판결을 내렸기 때문이다. CNN은 연이어 터지고 있는 그런 사건들을 '이렇게 한국 여성은 가부장적이고 남성 위주의 사회에서 평등을 위해 싸우며 어느 정도 성과를 거뒀지만, 여전히 어려운 과제에 직면해 있다며 국제사회 평균보다 훨씬 떨어지는 한국의 성평등과 남녀 임금 격차 등을 지적했다'고 한다. 그것이 지금 우리의 모습이다.

여기에 실린 여섯 편의 소설은 그런 우리의 모습을 청소년의 눈으로 들여다보는데, 그래서 더욱 실제적이고 아프게 느껴진다. 왜냐하면 청소년이라는 생물학적인 존재는 성에 대한 정체성이 가장 왕성하게, 거칠게, 혹은 예민하게 드러나는 시기이기 때문이다. 사람에 따라서는 한평생 해야 할 성에 대한 고민을, 이때 다 쏟아내는 경우도 많다. 같은 인간이라지만 동성이 아닌 이성을 가장 솔직하게 바라보고 호기심을 갖고 접근하는 시기이기 때문이다.

이 소설을 기획하면서 어떤 거창한 화두보다 우리 일상 속에 만연해 있는 성불평등에 대한 자잘한 비늘 같은 이야기들을 끄집어 내려고 했다. 이 책은 요즘 우리 사회를 들끓게 하고 있는 페미니즘 적인 측면이 강하기는 하지만 그것보다는 좀 더 근원적인 '성의 다름' 혹은 '성의 불평등'에 대한 이야기를 다룬다. 고정욱의 「빡빡머리 앤」은 머리를 빡빡 밀고서 남자아이들의 전유물인 축구공을 휘몰아치듯이 몰고 가는 조앤의 모습을 아름답게 그리고 있고, 김선영의 「언니가 죽었다」는 과년한 딸을 보면서 어린 시절에 성폭행을 당한 언니의 아픔이 아직도 끝나지 않았다는 것을 깨닫는 중년 여인의 모습을 아련하고 담담하게 보여준다. 박상률의 「파예할리」에서는 모범생인 오빠는 부모가 원하는 대로 성적에 따라서 흘러가는 소극적인 남자이지만, 동생인 해미는 자신이 가장 좋아하는 것을 향해 '그래 가자!' 하고 스스로에게 말을 걸면서 자신의 운명을 개척해가는 적극적인 여학생의 뒷모습이 보인다. 박현숙의 「분장」은 의사로 상징되는 거대한 사회적 괴물한테 성추행을 당한 뒤, 2차 피해가 두려워서 유령처럼 살아가는 두 여학생의 안타까운 시간을 그렸다. 손현주의 「마카롱 굽는 시간」을 읽다보면 갑자기 조선시대로 돌아간 기분이다. 세상은 달라졌고, 그만큼 시간은 흘렀어도 우리의 생각이나 의식은 그대로 정체된 채 살아가는 경우가 있다. 아들이 아니라는 것 때문에 아직도 가족들 사이에서 소외당하고 무시당하는 여자아이의 눈빛도, 지금 이 시대 우리가 달래주어야 할 상처다. 이상권의 「넌 괜찮니?」는 연속적으로 터져 나오는 '미투' 사건을 보면서, 그런 사건을 겪는 가족의 아픔은 어떨까 하는 생각으로 썼다.

이 글을 쓰면서, 다시금 강연 도중에 나한테 질문을 던졌던 그 여학생을 떠올린다. 나는 그 여학생을 보면서 "너희들이 우리 세대보다 더 낫다. 잘못된 것을 잘못되었다고 말할 수 있는 너희들이 우리보다 더 나아!" 하고 말했다. 요즘 청소년들의 힘은, 솔직함 혹은 진솔함이라고 생각한다. 이것저것 재지 않고 잘못된 것을 잘못되었다고 말할 수 있는 용기와 힘, 그런 것들이 더 많아졌으면 좋겠다. 이 글이 우리 시대 청소년들에게 조금이라도 그런 용기와 힘을 갖게 했으면 좋겠다. 문학이 어떤 사회현상을 해결하거나 답을 주는 것은 아니지만 그래도 조선시대 여자들이 몰래 보았던 숱한 소설들처럼 서로 위로해주고 마음속으로 동지적인 연대를 쌓아나갈 수는 있으며, 그러한 믿음이 자그마한 일상에서 집을 나서는 이들의 발걸음을 힘차게 해줄 수 있기 때문이다.

여섯 작가의 뜻을 모아

유독 비가 자주 내리는 2019년 12월

이상권 쓰다

청소년문학 대표 작가들의 여섯 빛깔 이야기

빡빡머리 앤

고정욱

고정욱

1992년 <문화일보> 신춘문예에 단편소설이 당선되어 작가가 되었다. 문화예술 분야 진흥에 이바지한 공을 인정받아 '2012년 제7회 대한민국 장애인문화예술상 대상'을 수상했다. 저서 가운데 30권이나 인세 나눔을 실천해 '이달의 나눔인상'을 수상했다. 지은 책으로 『열정을 만나는 시간』, 『가방 들어주는 아이』, 『아주 특별한 우리 형』, 『안내견 탄실이』, 『까칠한 재석이』 시리즈 등이 있다.

텔스타18의 탄성은 최고였다. 살짝만 차도 주체할 수 없이 튕겨져 나가려는 것이 마치 야생마와 같았다. 앙숙인 3반과의 축구 게임에 러시아 월드컵 공인구인 텔스타18을 가지고 가면 녀석들은 분명히 이걸 쓰자고 할 거였다. 지난달에 3대0으로 패배했던 굴욕을 씻어내리려면 이 공이 반드시 필요했다. 학교 체육실에서 가져오는 여느 공과 달리 상민의 발에 익은 것이기 때문이다.

피용중에는 점심 리그가 있었다. 잉글랜드 프리미어 리그를 밤새 시청한다는 축구광 교장 선생님은 점심시간에 축구를 활성화시켰다. 반별로 축구 시합을 붙여서 최종 우승 반을 가리는 대진 방식이었다. 1학기에는 리그의 결승전을 통해 3학년 4반이 우승을 했다. 그 열기는 이번 학기까지 계속 이어졌다. 반별로 자발적으로 도전하거나 받아주면서 점심시간마다 전후반 15분

짜리 게임이 늘 열렸다. 어지간한 미세먼지가 있는 날도 아랑곳하지 않았다. 체육실에 걸린 스케줄표를 보고 빈칸에 게임을 원하는 반의 주장 이름을 적어 넣으면 게임이 성사되는 거였다.

저만치 교문이 보이는 곳에서부터 상민은 튕기던 공을 발로 드리블했다. 발을 인사이드, 아웃사이드로 번갈아 쓰며 공을 굴려가는 재미는 농구광들이 공을 튀기며 학교에 가는 것과 별반 다르지 않다. 그만치 상민의 이번 게임에 대한 의지는 강렬했다.

횡단보도를 건너 페인트 모션을 쓰며 공을 치고 갈 때였다. 앞에서 누군가가 진로를 막아섰다. 등교할 때면 가끔 축구 좋아하는 녀석들이 이렇게 공을 뺏으려 달려들곤 했다.

"어디 나 한번 뚫어 봐."

그런데 이번엔 치마를 입은 같은 반 조앤이었다. 1학기 중간에 전학을 온 여학생이었다. 이름이 외자라서 한 번 들으면 잘 까먹지 않았다.

"장난하냐?"

그 순간이었다. 갑자기 파고 들어온 조앤이 상민의 발에서 살짝 떨어져 있던 공을 툭 쳐 가랑이 사이로 빼낸 뒤 재빨리 뒤로 돌아 몰고 갔다. 믿을 수 없었다. 상민이 이렇게 간단하게 공을 뺏겨본 적이 없었기 때문이다.

"뭐 하냐? 정말 어이가 없네."

치마 입은 채로 드리블을 하며 조앤은 교문 쪽으로 갔다. 더 놀라운 건 드리블에 발바닥까지 쓰는 게 아닌가. 그건 아무나 할 수 있는 기술이 아니었다. 게다가 자세도 안정적이었다. 처음 보는 이 장면을 상민은 도저히 믿을 수가 없었다.

"야. 공 내놔!"

조앤은 돌아서더니 프리스타일 리프팅으로 공을 몇 번 튕기다 정확히 상민의 오른발 앞으로 굴려줬다.

"치마만 안 입었으면 넥스톨을 보여주는 건데."

주변의 아이들 몇이 힐끔거리다 이내 관심 없다는 듯 청소기에 먼지가 빨리는 것처럼 교문으로 들어가고 있었다. 조앤이 뒷목에 공을 얹고 딱 고정시키는 넥스톨까지 할 수 있다는 말은 두고두고 귓가에 쟁쟁했다.

경기를 위해 점심은 5분 만에 먹어야 했다. 상민을 포함한 2반의 축구팀 8명은 마파람에 게 눈 감추듯 급식을 해치우고 운동장으로 나갔다.

"와, 벌써 나왔네?"

3반 아이들은 벌써 몸을 풀고 있었다. 상민이 다가가서 3반 주장인 준철에게 말을 걸었다.

"너네는 점심 안 먹었냐?"

"우리 햄버거로 먼저 먹었어. 몸 좀 풀어야 돼서."

준철이 엄마가 학교 앞에서 햄버거 가게를 한다더니 아마

싸다 준 모양이었다.

"우리도 몸 좀 풀고. 아참, 그리고 공은 내가 가져온 걸로 하는 게 어때? 러시아 월드컵 공인구야."

툭 차주자 준철이 받아 몇 번 튕겨 보더니 말했다.

"오케이. 아주 좋아."

3반이 형광색 조끼를 입고 전후반 30분 경기가 시작되었다. 상민의 2반은 이렇다 할 특기가 없었다. 드리블이나 킥력이 나쁘지 않은 아이들이 좀 있을 뿐, 특출하게 축구를 잘하는 아이는 없었다. 반면에 3반의 특기는 조직력이었다. 클럽 축구를 하고 있다는 3반 주장 준철이는 축구광이어서인지 방과 후에도 자기들끼리 모여서 전술 훈련을 한다는 거였다. 그것 때문에 지난번 시합에서도 패배했다. 정교한 패스를 앞세워 밀고 들어오는 것에 속수무책으로 당해야 했기 때문이다.

축구에서 개인기와 조직력의 싸움은 칼과 창 같은 것이다. 상민이 이끄는 2반의 작전은 조직력을 부수기 위해 드리블과 롱패스를 통해서 결정적인 찬스를 얻는 것이었다.

그러나 벼르고 별렀던 게임은 뜻대로 되지 않았다. 2반이 공을 잡기만 하면 3반이 압박을 했다. 압박할 때마다 자꾸 볼을 뺏기게 되고 3반에게 결정적인 찬스를 주었다. 결국 전반 15분이 끝나기 전에 패스에 의해 윤석이에게 한 골을 먹고 말았다.

고 정 욱

"와!"

어느새 경기를 구경하며 응원하던 3반 아이들의 응원석에서 함성이 터졌다. 조금만 버텼으면 무승부 상태에서 후반전으로 갈 수 있었는데 아쉽게 되었다.

후반이 되어 진영을 바꾸면서 상민이는 골키퍼 연우에게 말했다.

"아, 좀 더 앞에 나와서 막아."

"앞으로 나오면 쟤들이 내 머리 위로 공을 넘기잖아."

하긴 그랬다. 좁은 운동장에서 섣불리 앞으로 나가는 것은 위험한 일이었다.

후반전이 시작되자 밥을 다 먹고 나온 아이들이 운동장 가에 더 많아졌다. 여자 애들도 삼삼오오 모여 게임 구경을 했다.

"2반 파이팅!"

"아자, 아자! 3반!"

상민은 응원하는 아이들 무리에 조앤이 나와 있는 것을 발견하였다. 농구 골대에 기대어 팔짱을 끼고 경기를 구경하는 것이었다. 그건 마치 고수가 하수의 실력을 한번 보겠다는 듯한 표정이었다.

결국 후반전에도 이렇다 할 기회를 잡지 못한 채 2반의 스트라이커인 윤재가 결정적인 찬스에서 넘어졌다. 그 서슬에 놓친 공을 가로챈 준철이 단독 드리블로 골키퍼 연우를 제치고 골을 넣었다. 점심시간 리그에서 설욕전은 실패로 끝나고 말았다. 결과는 2대0. 모두 헉헉대며 땀을 닦으러 수돗가로 갔고 3반 아이들은 상민에게 와서 약속대로 아이스크림 값으로 2만 원을 받아 갔다.

"에이씨."

지고 기분 좋을 일은 없었다. 원인을 분석했다.

"미안해. 내가 헛발질해서 그래."

넘어졌던 윤재가 미안해했다.

"아니야. 준철이가 힘이 너무 좋아. 우리 잘못이 아니야."

그건 사실이었다. 축구 클럽에 다니는 준철이를 나무랄 수는 없었기 때문이다. 그때 곁으로 다가온 조앤이 말했다.

"야, 왼쪽 미드필더를 강화했어야지. 그리고 너희들 개인기가 왜 그거밖에 안 되냐?"

"뭐? 네가 뭘 안다고 그래?"

윤재가 발끈했다.

"기본이 안 돼 있으니 질 수밖에 없지."

젖은 머리를 몇 번 손으로 턴 윤재가 뒤돌아가는 조앤을 보며 상민에게 물었다.

"쟤 뭐냐?"

"몰라. 축구 좀 어디서 봤나 봐."

다시금 아까 공을 빼앗겼던 생각을 하니 상민은 갑자기 불

고 정 욱

쾌해졌다.

'에잇. 부정 탔어. 그래서 진 거야.'

그때 수업 종이 울렸다. 터덜터덜 교실을 향해 가는데 패잔병이 따로 없었다. 들고 가는 텔스타18 표면에 온통 흠집이 나 있었다.

"애들아, 학급 분위기 왜 이러냐?"

그날 오후 수업을 들어온 담임선생이 물었다.

"3반한테 또 축구 졌어요."

반장인 민정이가 대답했다.

"또 졌어? 설욕전 한다고 그렇게 이를 갈더니?"

남자애들은 고개를 푹 숙였다. 지고서 속 좋을 사람은 세상에 없는 법이었다.

"졌으면 원인 분석을 해야지."

원인 분석은 뻔했다. 결론적으로 이야기하면 실력이 부족한 거다.

"이거 프로 축구 같으면 좋은 선수를 사 오기라도 할 텐데. 하여간 또 노력해서 한번 덤벼봐라. 이길 때까지 덤비는 거지, 뭐. 근성으로."

그때였다.

"선생님. 제가 끼면 안 될까요?"

아이들의 시선은 일제 고개를 돌렸다. 조앤이 손을 들고 있었다.

"뭐? 네가 축구 한다고?"

여기저기서 어이가 없다는 듯한 실소가 터져 나왔다.

"네. 아까 시합 봤는데요. 제가 애들보다는 잘할 거예요."

순간 아이들은 여기저기서 술렁댔다. 조앤은 교실 앞으로 나가더니 교사용 책상 위의 컴퓨터로 인터넷에 접속했다.

"이거 보여드릴게요."

포털 사이트 검색창에서 뭔가를 입력하니 기사 하나가 떴다.

민창초(교장 김상국) 학생 스포츠 클럽의 괄목할 만한 발전이 이목을 끌고 있다. 지난 6일부터 7일까지 우포구에서 개최된 제14회 우포학교스포츠클럽대회 축구 여자부에서 민창초가 우승을 거두었다. 우승을 차지한 여자 축구팀은 오는 11월에 개최되는 전국학교스포츠클럽 축구대회에 우포구를 대표해 출전할 수 있는 자격을 획득했다.

어린이 여자 축구 리그 결승전에서 민창초는 3대0으로 낙천초를 이겼다. 우승을 이끈 주장 조앤 양은 뛰어난 개인 기량과 체력, 그리고 탁월한 골 결정력으로 해트트릭을 기록해 팀 승리를 이끌었다.

"초등학교 때 제가 축구하던 장면이에요."

　　　　　　　　　　　　　　　　　고 정 욱

기사에 첨부된 골 넣는 여자아이의 사진을 본 아이들은 모두 얼어붙었다. 조앤이 축구선수인 줄은 몰랐기 때문이다.

"야, 축구는 남자애들끼리 하는 거야."

윤재가 볼멘소리를 하자 학급회장인 민지가 벌떡 일어났다.

"선생님. 여자도 축구할 수 있잖아요! 여자 축구 지소연 선수도 있고요. 꼭 반 대표로 남자만 나가야 되는 건 아니잖아요?"

"그렇긴 한데. 여자가 뛰지 말라는 법은 없지. 조앤이 뛰면 대박이 날 텐데, 옆 반에서 오케이 할지 모르겠다."

담임 선생이 고개를 갸우뚱하자 민지가 다시 반발했다.

"선생님. 그건 남녀차별이잖아요. 선생님은 페미니스트라면서요."

윤리 과목을 맡고 있는 담임선생은 슬그머니 발을 뺐다.

"아, 그렇긴 한데 이건 재미로 하는 거잖아. 너희들끼리 상의해봐라. 책 펴라. 공부하자."

그렇게 해서 수업에 들어갔지만 상민은 머리가 복잡했다. 조앤의 그 놀라운 드리블 실력이 눈앞에서 계속 아른거렸다. 역시 그것은 예사 솜씨가 아니었다. 하지만 여학생이 팀원으로 축구 게임을 한다면 그 뒷감당을 어떻게 해야 할지 상상이 안 되었다. 얼마나 사람이 없으면 여자까지 불렀냐고 조롱하는 게 어쩌면 졸업할 때까지 이어질지도 몰랐다. 상상만 해도 끔찍했다.

수업이 끝나자 남녀 사이에 논란이 벌어졌다.

"축구한다면서 여자가 몸싸움은 어떻게 하냐?"

"야, 우리 편인데 무슨 몸싸움을 해?"

"딴 반 애들이."

"맞아. 몸에 좀 닿았다고 미투라고 고발하면 어떻게 하냐?"

아이들은 모두 비슷한 상상을 했다. 조앤의 몸통을 거친 근육질의 남자애들이 와서 마구 밀어붙이는 그 장면을.

"흥. 쫓아와서 날 막아보기나 하라고 그래."

듣고만 있던 조앤이 결국 일어나 시크하게 한마디 했다.

"어머! 걸 크러시!"

여자애들은 함성을 질렀다. 그때 공교롭게도 3반에서 골키퍼를 보는 광수가 들어와 상민에게 물었다.

"야, 이대로 너희들 패배 인정이지?"

그 얘기를 듣자 2반 아이들은 발끈했다.

"어쩌다 진 거 가지고 재지 마라 잉."

주장인 상민이 나설 수밖에 없었다.

"야, 마지막으로 다시 한번 붙자. 이번엔 피자 다섯 판 걸고."

시민공원은 준이네 동네 아파트 단지에 있었다. 축구장이 두 개, 야구장이 하나 있는 꽤 넓은 공간이었다. 발을 맞춰 보자고 토요일 날 약속을 했는데 정작 운동복을 입고 나타난 아이들은 세 명뿐이었다.

"이렇게 연습까지 해서 시합을 해야 하냐?"

"3반 애들도 연습한대."

공을 튀기며 패스를 가볍게 주고받을 때 마침내 조앤이 나타났다. 조앤이 다가오자 실력을 보지 못한 아이들은 의심하는 눈초리로 말했다.

"야, 너 정말 축구 잘하냐?"

축구 유니폼에 스타킹까지 갖춰 입고 나온 조앤의 포스는 강력했다. 조앤은 한쪽에 굴러가던 공을 몇 번 무릎으로 튕기더니 드리블하며 나갔다.

"어디 뺏어봐."

"저, 정말? 다쳐도 모른다?"

2반의 스트라이커인 윤재가 뺏으려 다가서자 조앤은 페인트 모션 한 번으로 가볍게 제쳤다. 그러자 이번엔 영철이 본격적으로 자세를 낮추면서 막아섰다. 그러나 조앤이 툭 찬 공이 가랑이 사이로 빠져나오는 것이었다. 순식간에 두 명의 남자들을 제치니 남은 것은 상민.

"너도 와봐."

상민이 엉거주춤하고 있는 사이에 조앤은 공을 튕겨 허공으로 올린 뒤 돌아서 빠져나갔다. 눈 깜빡할 사이에 벌어진 일이었다. 보고도 믿기지 않는 놀라운 기술이었다.

"자, 이래도 내가 실력이 없냐?"

아이들은 앞에 있는 조앤의 실력을 인정하지 않을 수 없었다. 하지만 쉽게 수긍하지 못하고 머뭇거렸다.

"이건 어때? 오른쪽 포스트 맞혀 볼게."

조앤이 발등으로 공을 날렸다. 공은 무회전으로 날아가더니 정확하게 골포스트에 맞아서 팅 소리를 내고 튕겨나갔다. 옆에서 운동하던 다른 아이들까지 모두 고개를 돌렸다. 아들과 연을 날리며 놀아주던 아저씨는 박수까지 쳤다.

"와우, 여학생이 대단해."

순간 남자애들 얼굴이 붉어졌다. 그동안 조앤의 실력을 무시하고 의심을 품었던 마음이 완전히 사라졌다. 윤재가 정신이 번쩍 들었는지 격앙되어 외쳤다.

"조앤! 같이 하자. 너 들어오면 우리가 이길 수 있을 거 같아. 여자라고 깔봐서 미안해."

그날 축구 연습은 박진감 넘치는 것이었다. 유소년 클럽에서 제대로 축구를 배운 조앤이 작전과 전술까지도 가르쳐 주었다.

"3반 애들은 조직력이 뛰어나기 때문에 개인기로 치고 갈 수밖에 없어. 공 잡으면 무조건 나한테 줘. 그러면 내가 킵하고 있을게. 그러면 아이들이 날 잡으려고 두어 명 붙을 거야. 그때 너희들은 무조건 골문으로 달려가. 내가 너희들 중에 한 사람

발에다 정확히 대줄게."

어느새 조앤은 팀의 리더가 되고 말았다.

"넌 왜 계속 축구하지 관뒀어?"

그날 연습을 마치고 아이들은 편의점 앞 파라솔 아래에서
음료수를 마셨다. 뒤늦게 합류한 골키퍼 연우가 궁금했는지 조
앤에게 물었다.

"응. 축구하고 싶은 마음도 없지 않았는데 계속 성장할 수
없겠더라고."

"정말이야?"

"응. 집에서 밀어주지도 않고. 취미 삼아 초등학교 때까지만
한 거야."

"그런데 왜 우리랑 축구를 하겠다고 했어?"

"언니가 공부를 잘해서 작년에 대학에 붙었거든. 근데 아빠
가 대학 갈 필요 없다고 등록금 못 대준다고 해서 언니가 그냥
전액 장학금 받는 전문대학으로 갔어."

"그런 건 드라마에나 나오는 이야기 아니냐?"

"우리 집이 그래. 아버지가 꼰대야. 그래서 나도 그렇게 될
것 같았어. 그러니까 축구 밀어주는 건 더더욱 말도 안 되는
거지. 아빠는 지금도 나보고 요리나 미용 같은 거 배워서 기술
을 가지래. 일인일기라나 뭐라나. 언니를 보니까 내 미래가 뻔

했어. 그럴 바엔 하고 싶은 거 참을 필요가 없지."

상민은 조앤의 쓸쓸한 모습을 발견하였다.

다음 날 상민은 3반으로 가 준철을 불러냈다.

"야, 우리 반에 이번에는 멤버가 한 명 더 들어와."

"누군데?"

말하려다 멈칫하자 준철이 물었다.

"뭐 축구 잘하는 애 숨겨 놓기라도 했냐?"

"아니. 여, 여자야."

"뭐? 여자애? 누구?"

"조앤이라고. 1학기 때 전학 온 앤데……."

"애들아, 2반이 여자애 껴서 우리한테 다시 축구 도전한단다. 하하하!"

말릴 틈도 없이 준철이 3반 교실 쪽에 대고 떠들었다.

"뭐? 대박!"

3반 아이들이 우르르 몰려나왔다. 상민은 굴욕을 참고 말을 이었다.

"조앤이라고 초등학교 때 축구했던 애야."

"뭐? 레알? 야! 여자랑 어떻게 축구를 하냐?"

"여자는 축구하면 안 된다는 법 없잖아."

"잘못하다 다치면 누가 책임지냐?"

"야, 맞아. 울기나 하면 어떡하냐? 다쳤다고 울고불고……."

"그런 건 걱정 안 해도 돼. 선수하던 애라고."

복도가 시끄러워지자 조앤이 모습을 드러냈다.

"너희들 지금 뭐랬니? 왜 축구를 남자들만 해야 해?"

너무나 당연한 사실을 되묻자 옆에 있던 골키퍼 광수가 말했다.

"여자들은 머리를 기르고 화장하는 거고. 남자들은 땀 흘리고 뛰는 거야. 하고 싶으면 여자끼리 해."

"뭐? 너 말 다했어? 요즘은 남자들도 머리 기르고 화장하거든."

광수가 할 말을 잃고 잠시 머뭇대자 준철이 나섰다.

"암튼 여자 낀 팀하곤 안 해. 야, 들어가자."

게임은 무산되었다.

다음 날 아이들이 학교에 와 자습을 하고 있을 때였다. 교실 문이 열리자 아이들은 경악하고 말았다.

"꺅!"

"어머 누구야?"

"대박! 대박!"

모두 고개를 돌렸을 때 머리를 파르라니 빡빡 밀고 온 조앤이 그곳에 서 있었다.

"⋯⋯."

상민도 크게 놀랐다. 조앤은 똑바로 상민에게 다가왔다.

"3반 가서 말해. 나 머리 자르고 왔다고. 축구하는데 여자가 어쩌고 머리가 어쩌고 한 마디만 더 하면 죽여버린다고 그래."

그러나 3반에 가서 말할 필요도 없었다. 소문이 바로 전교에 퍼졌기 때문이다. 순식간에 2반 교실 앞은 삭발하고 온 조앤을 보러 온 아이들로 가득 찼다.

"야, 옆 반에 축구하겠다는 여자애가 머리 밀고 왔어."

그 말을 들은 3반의 준철과 광수는 두려웠다. 혹시 뭐 언어 폭력 같은 걸로 걸려드는 건가 싶었다. 엎친 데 덮친다고 상민이 찾아와 3반 아이들에게 겁을 주었다.

"야, 어쩔래? 너희들 말에 조앤이 머리 깎고 왔어."

"그게 뭐 어째서? 여자애랑 축구 안 한다는데."

"그게 문제가 안 되겠냐? 충격 받아서 머리까지 박박 깎고 왔는데. 너 땜에 차별 당했다고 하면 어쩌려고 그래?"

상민은 짐짓 검지를 머리 부근에 대고 돌렸다. 순간 광수와 준철은 당황했다. 조앤이 돌아이라는 뜻이기 때문이다.

다음 주 화요일 점심시간에 열린 2반과 3반의 축구 시합은 대성황이었다. 머리를 빡빡 밀어버린 조앤이 경기에 나온다는 이야기 자체가 아이들의 관심을 불러 일으켰다. 여학생이 축구

를 한다는 것도 놀라웠지만 삭발한 것은 두고두고 화제가 되었
다. 스탠드에 빈 자리가 없을 정도였다. 심지어 그날 시합을 하
기로 한 1학년 후배들이 자신들 일정을 취소해주기까지 했다.

"야, 이거 무슨 프리미어 리그 같아."

"그러게 말이야."

3반 아이들도 긴장하고 나왔다. 그렇지만 표정은 참 가소롭
다는 그것이었다. 이번 게임은 전교적 관심을 반영해 특별히
체육 선생이 심판을 보기로 했다. 조앤은 볼 배급을 담당하는
오른쪽 미드필더를 맡았다.

"내가 말해준 작전대로만 해. 공을 잡으면 나한테 패스만 해
줘. 그리고 나서 상민이랑 윤재는 공간을 확보하면서 슛할 자
리 찾아서 흩어져. 알았지?"

"응. 알았어."

"내가 적당한 사람 슛할 발 앞에 찔러줄게."

어느새 조앤은 팀의 주장이 되어 있었다. 연습을 몇 번 하면
서 드러난 조앤의 뛰어난 축구 지식과 능력은 존경할 수밖에
없는 것이었기 때문이다. 게다가 머리까지 밀면서 의지를 불사
르는데 그 누구도 감히 조앤의 카리스마에 도전할 수 없었다.

휘슬 소리와 함께 게임이 시작되었다. 3반 아이들은 가급적
조앤과 부딪치지 않으려고 오른쪽을 주력으로 밀고 들어왔다.
얼굴엔 가당찮다는 표정이 묻어났다. 몇 번의 공방전이 오간

뒤 마침내 2반 윤재가 준철의 공을 빼앗았다. 툭 치고 드리블에 나섰다. 공격해 들어오는 녀석들이 주춤거리는 사이를 뚫고 윤재는 오른쪽으로 바람같이 달려가는 조앤에게 공을 찔러주었다. 조앤이 받자마자 준철과 3반 아이들이 에워쌌다. 가깝게 밀착하는 건 아니지만 앞뒤에서 압박하고 들어갔다. 그러자 놀라운 일이 벌어졌다. 조앤이 달려드는 3반 영재를 가볍게 마르세유 턴으로 제친 것이다. 그것은 지단이 많이 쓰는 드리블 기법이었다. 순식간에 조앤은 3반의 빈 공간으로 침투했다. 2선의 방어진이 다가왔다.

"뭐 하고 있는 거야? 들어가!"

상민이 왼쪽으로 침투하며 다른 아이들에게 말했다. 2반의 공격진들은 모두 골문을 향해 뛰었다. 힐끗 고개를 돌려 다른 팀원을 살핀 조앤은 골문으로 쇄도하는 키가 큰 경욱이에게 공중 볼을 날렸다. 공은 긴 포물선을 그리며 날아가 그림처럼 경욱의 이마에 맞고 골문으로 빨려 들어갔다. 골망이 출렁였다.

"와! 골!"

스탠드에서 응원하던 2반 아이들은 모두 자리를 박차고 일어나 함성을 질렀다. 3반과의 시합에서 처음으로 골을 기록한 것이다.

"이히!"

조앤은 경욱과 하이 파이브를 하며 백코트했다.

고 정 욱

두 번째 골은 상민이 넣었다. 3반 아이들이 다시 조앤을 집중 마크하는 순간 빈 공간으로 침투해 가볍게 골을 넣은 것이다. 작전대로 기술 좋은 조앤이 게임을 지배하면서 송곳 같은 패스를 적재적소에 띄우거나 꽂아 넣었다. 완벽한 작전 성공이었다. 운동장에는 탄성이 연신 터져 나왔다.

"조앤! 조앤! 조앤!"

경기 결과는 2대0. 2반의 승리였다. 수돗가에 가서 땀을 씻으면서 경기를 뛴 아이들은 기뻐하였다. 승리는 달콤한 것이었다. 빡빡머리를 수건으로 털면서 조앤은 말했다.

"상민아! 나 다시 옛날로 돌아간 것 같아."

"뭐가?"

"자신감이 좀 생겼어. 오늘 집에 가서 이 머리로 아빠한테 허락받을 거야. 우리 아빠 오늘 출장 갔다 돌아오거든."

"왜?"

"얘기했잖아. 우리 언니랑 나랑……."

"그런데 정말 머리 깎을 생각은 어떻게 했어? 축구 때문에 그런 건 아니지?"

상민은 전부터 묻고 싶던 질문을 조심스럽게 꺼냈다.

"그냥 화가 났어. 예쁜 여자애가 될 수도 없고, 축구도 맘대로 할 수 없고, 공부도 잘 못하고. 나는 그렇다고 쳐. 언니는 할 수 있는 게 있었는데 아빠가 할 수 없게 하잖아. 그래서 내 맘

대로 할 수 있는 게 뭘까. 여자라고 하지 말라는 거 해버리기로
결심했어. 좀 쎈 걸로."

"그게 머리야?"

"응. 머리는 또 자라잖아. 히히."

다음 날 일찍 학교로 간 상민은 어제 승리의 여파를 즐겼다.
아이들도 여기저기서 어제의 승리를 반추하고 있었다. 기분이
오래도록 좋았다. 상민은 그러면서 아직 등교하지 않은 조앤이
은근히 기다려졌다. 순간 복도가 술렁댔다. 이윽고 교실 문이
열리면서 조앤이 모습을 드러냈다.

"너 머리 어떻게 된 거야?"

아이들은 모두 또 한 번 경악했다. 조앤이 긴 생머리를 하고
온 거였다. 조앤은 배시시 웃었다.

"응. 엄마가 흉하다고 가발 쓰고 가래. 그래서 가발 사줬어."

조앤이 어색한 듯 머릿결을 손가락으로 쓰다듬었다. 여자애
들은 몰려와서 가발을 신기한 듯이 만져보았다.

"야, 멀리서 보면 모르겠어."

"그런데 좀 어색해 보이기도 해."

"어서 머리가 길어야 할 텐데."

아이들이 가발에 관심을 보이자 조앤은 씩 웃었다.

"아니야. 머리를 빡빡 깎으니까 편해."

조앤이 가발을 훌렁 벗어 보이자 아이들은 모두 기겁을 하

며 배꼽을 잡았다.

"어머, 호호호!"

한참 소동이 벌어진 뒤 조앤은 가방을 자리에 놓고 상민에게 다가갔다.

"우리 아빠 어제 귀국했어."

"그래? 어떻게 됐어?"

안 그래도 상민은 무슨 난리가 벌어졌을까 궁금했다. 듣기로는 조앤 아빠는 보통 보수적인 사람이 아닌 듯했다. 자세히 보니 조앤의 얼굴이 푸석푸석. 눈에도 부기가 있었다.

"내가 머리 깎은 거 보고 질렸는지 언니 재수하라고 그랬어."

"……."

"나도 다시 클럽에 들어가서 축구 다시 시작할 거야."

"그래? 잘됐네."

"어제 밤새도록 울고불고 아빠에게 대들었거든. 엄마랑 언니랑 다 같이 통곡하고."

"그, 그래?"

"암튼 고마워."

상민의 어깨를 툭 치고 조앤은 쿨내를 남기고 제자리로 돌아갔다. 상민은 조앤을 위해 자신이 한 일은 아무것도 없다고 생각했다. 이건 오로지 스스로 결단을 내린 조앤의 성과였다. 상민은 자신이 과연 무엇을 위해서 머리를 깎을 수 있을까 생각해보았다. 결론은 자신 없음.

그날 3교시가 끝나자 교장 선생님이 2반으로 들어왔다.

"여기 빡빡머리 앤이 누구냐? 얼굴 한번 보자."

아이들은 일제히 가발을 산발한 채 책상에 엎드려 잠을 자고 있는 조앤을 가리켰다.

고 정 욱

작가의 말

"빡빡머리 나와!"

강연 중 나는 외쳤다. 학생들이 게임이나 스마트폰에 빠져 있으면서 시간 낭비하는 것을 안타까워해서 머리 감는 시간도 아끼라는 의미를 담아 종종 이벤트를 한다. 그런데 어느 학교에서인가 정말 빡빡머리 여학생이 나온 것이다. 경악할 수밖에 없었다.

이 작품은 그렇게 해서 탄생했다. 왜 그 여학생이 머리를 밀었는지 나는 아직도 모른다. 하지만 이것 하나는 확실하다. 남자가 머리를 장발로 기르면 안 된다는 법이 없듯, 여자라고 머리를 밀면 안 된다는 법도 없다.

여학생에게 내 책 한 권을 선물해 주면서 나는 그 학생이 그런 굳은 심지로 이 세상을 개성 있게 살아가길 기원했다. 다양성에 남녀의 고정관념은 없으니까.

고정욱

청소년문학 대표 작가들의 여섯 빛깔 이야기

언니가 죽었다

김선영

김선영

아홉 살까지 산으로 들로 뛰어다니며 자연 속에서 사는 행운을 누렸다. 학창 시절 소설 읽기를 가장 재미있는 문화 활동으로 여겼다. 막연히 소설 쓰기와 같은 재미난 일을 직업으로 삼으면 좋겠다고 생각하며 십대와 이십대를 보냈다. 2004년 <대전일보> 신춘문예에 단편소설이 당선되어 작가가 되었다. 제1회 자음과모음 청소년 문학상을 수상했다. 경계에서 고군분투하는 청소년들에게 힘이 되고 힘을 받는 소설을 쓰고 싶어 한다. 지은 책으로 『내일은 내일에게』 『시간을 파는 상점 1, 2』 『특별한 배달』 『열흘간의 낯선 바람』 『미치도록 가렵다』 등이 있다.

"아, 그냥 아무 데서나 먹어-."

나는 기어이 소리를 지르고 말았다. 짜증이 올라와서 도저히 참을 수가 없다.

베니스까지 와서 맛집을 찾아 해물튀김을 먹어야 하다니. 이 골목이 저 골목 같고 이 길이 저 길 같은, 똑같이 구획된 산타마리아역 부근이다. 물 냄새가 비릿했고 골목과 골목 사이 빈 공간에는 어김없이 바닷물이 찰랑댔다. 마치 거대한 배 위에 탄 것처럼 멀미를 부채질하는 일렁임이 이어졌다. 블로그에 나와 있는 최고의 맛집이라나 뭐라나. 맛있는 건 꼬박꼬박 먹어야 하고 죽기 전에 가봐야 하는 곳은 대출을 받아서라도 꼭 가야 한다고 말하는 딸아이다. 알바해서 갚느라 허덕대는 한이 있더라도 욜로(YOLO, You Only Live Once)란다.

"왜 소리는 지르고 그래? 창피하게."

주연이 주위를 두리번거린 뒤, 길 한 옆으로 나를 밀치며 윽박지르듯 말했다. 내가 위아래로 쏘아보자 곧바로 꼬리 내리는 말투이다.

"힘들어? 발 아파?"

상대방의 비위를 맞춰야 편하다는 건 알아서 주연은 재빨리 모드를 바꿔 구슬리듯 말했다.

"길이나 제대로 알아갖고 오든가, 도대체 같은 자리를 몇 바퀴째 돌고 있는 거야!"

나는 신경질을 누르지 않고 더욱 까칠하게 말했다.

올봄, 주연은 대뜸 유학을 가겠다는 전화를 했다. 그 순간, 순식간에 마지막 남은 물마저 빠져버린 바닷가가 된 기분이었다. 차디찬 갯바람만 휘휘 대고, 두 번 다시 물이 들어오지 않을 것 같은 팍팍함만 남은 것 같았다. 통학해도 될 만한 거리를 기어이 기숙사로 들어가겠다며 나간 것도 모자라, 이제 아예 이 땅을 떠나겠다고 선언하는 것이다. 마치 엄마인 나로부터 멀리 떨어져 나가는 것이 목표인 양 굴었다.

"영화를 볼 수가 없어, 엄마 전화 때문에. 제발, 다른 엄마들처럼 그냥 놔두면 안 돼? 내가 어디서 무엇을 하는지 언제 들어오는지 제발 그만하면 안 돼? 지겨워. 지겹다고!"

나는 그 이후로 주연에게 전화하지 않는다. 지겹다고 말하

김선영

는 아이에게 더 이상 무슨 말을 할 수 있을까.

어렸을 때부터 주연은 한번 고집을 피우면 꺾지 않았다. 제가 원하는 것이 관철되도록 길바닥에 드러눕기부터 했다. 차가 오건 말건 노란 중앙선 위로 걸어가 누워버렸다. 나의 소심함에서 비롯된 저에 대한 집착을 주연은 그런 식으로 돌파했다. 스무 살이 되자 나와 떨어지는 것이 할 일인 양 해치웠다. 유학을 가겠다는 것도 순전히 그런 의도라는 것을 모르지 않는다.

가고 싶은 곳이 어디냐고 물었다. 그야말로 말이나 들어보자는 식으로 그냥 물어본 거다.

"이태리."

그 말에 한 대 얻어맞은 거처럼 꽂힌 건 나였다.

로마행 비행기표를 끊어 놓고 죽은 언니 때문이다. 언니는 채 오십이 되기 전에 죽었다. 자궁암이었다. 자궁암 진단이 나오기 전에 생애 최초 유럽 일주를 한다며 좋아라 비행기표를 예매했지만 결국 떠나지 못했다. 항공권을 취소하라는 언니의 말을 나는 끝내 듣지 않았다. 언니 운명에 대한 반항과 거부이기도 했지만 그것을 취소하면 언니는 영영 일어나지 못할 것 같았다. 의사의 말대로 언니는 삼 개월 정도 투병 끝에 죽었다. 영안실에서 염을 하기 전, 나는 언니의 오른손 안에 로마행 비행기표를 꼬깃꼬깃 접어 넣었다. 언니의 손은 차디차게 굳어 있다. 최대한 작게 접은 비행기표를 손가락 사이로 집어넣으며 언니의 귀에 대고 속삭였다. 유럽도 가고 어디든 가, 그 쇠사슬 같은 굴레 벗어던지고 훌훌, 가볍게. 잘 가, 그리고 다시는 이 땅으로 돌아오지 마. 이 티켓은 편도야. 다음번엔 절대 사람으로 아니 여자로 태어나지 마, 절대로. 싸늘히 식은 언니의 이마에 내 이마를 댔다. 밀랍인형처럼 노랗게 굳은 언니의 눈꺼풀 위로 내 눈물이 떨어졌다. 나는 그렇게 한참동안 언니로부터 떨어지지 못했다. 장의사가 내 어깨를 다독이며 언니로부터 떼어내어 겨우 염을 마칠 수 있었다. 죽어 누워 있는 언니의 모습은 여전히 예뻤다. 자궁에서 시작돼 온몸에 퍼진 암세포도 언니의 아름다움을 앗아가진 못했다.

주연의 입에서 흘러나온 이태리라는 말은 마치 그때 언니 손에 쥐어주었던 로마행 비행기 표가 다시 돌아온 느낌이었다.
"이, 이태리?"
나는 당황하며 되물었다.
"응, 거기 내가 가고 싶은 학교가 있어."
주연은 이미 마음을 굳힌 듯 단호하게 말했다.
"너, 거기가 얼마나 먼 곳인데? 왜, 아주 화성이나 금성으로 간다고 하지-."
나는 기어이 전화통에 대고 소리쳤다. 속이 꽉 막혀서 소리치지 않고는 도무지 견딜 수 없을 만큼 숨이 쉬어지지 않았다.

이 아이는 결국 나를 떠나는구나, 나를 떠나는 것이 지상의 숙제인 양 해치우고 있구나, 눈앞이 아득해졌다. 결국 다 떠나는구나, 내 곁에는 아무도 남아 있지 않겠다는 공포감이 엄습했다.

"넌, 어떻게 그렇게 잔인하니?"

"엄마, 제발, 그런 식으로 말하지 마. 그런 말들이 얼마나 내 발목을 잡는지 생각해봤어? 응?"

되레 주연이 소리쳤다. 내 목소리보다 더 커야지만 나를 꺾을 수 있다는 것을 주연은 잘 알고 있다.

가장 최근에는 언니가 죽었고 그 전에는 어머니가 죽었고, 어머니와 언니의 죽음 사이에 나는 이혼을 했다.

아무도 남아 있지 않았다. 그래서 더욱 주연에게 집착했다. 어디니? 지금 몇 시인데 아직도 기숙사에 안 들어가고 밖이야? 주연이 기숙사에 입소한 뒤에도 전화로 일일이 체크했다. 그래야만 어머니와 같은 전철을 밟지 않을 것 같았기 때문이다.

"제발, 그 '어디니?' 좀 안 하면 안 돼?"

기숙사로 들어가고 얼마 안 돼 주연이 소리를 고래고래 지르며 그 어디니? 라는 말 좀 때려치우라고 했다. 술에 잔뜩 취한 목소리였다.

나는 언니를 관리했던 어머니와 전혀 다르지 않았다. 언니를 대했던 내 어머니와 똑같은 모습으로 내 딸을 관리했다. 무엇이 무서워서, 무엇이 두려워서. 세상으로부터 자식을 지키지 못했다는 어머니의 자책은 죽을 때까지 이어졌다. 그게 언니를 더 숨 막히게 했을 것이고 그것은 그대로 대물림되어 나에게서 주연에게로 이어졌다.

마지막으로 했던 언니의 말이 떠올랐다.

"너무 울지 마, 너 힘들어. 난 그때 끝났어야 했어. 이만큼 버틴 것도 잘한 거야."

그때라는 말에 잠깐 동안 숨이 멎는 것 같았다.

"그나마 지금까지 내가 버틴 건, 엄마 때문이야. 엄마 가슴에 또 못을 박을 순 없잖아."

엄마가 돌아가시기를 기다린 것처럼 얼마 되지 않아 언니는 자궁암 진단을 받았고 그 암세포는 순식간에 언니의 몸을 점령했다.

나는 울다가 멈칫하며 울음을 삼켰다. 언니가 자궁암 말기라는 이야기를 들었을 때보다 더한 절망감이 밀려왔다. 언니가 그때라는 말을 꺼낸 것도 그 사건 이후 처음이다. 삼십여 년 전의 구질구질한 산동네가 순식간에 머릿속에 잠입해 들어왔다.

내가 중2, 언니는 고1이었다. 언니는 동네에서 소문이 자자할 정도로 예뻤다. 하얀 교복 상의에 까만 치마를 입고, 구두에 커버 양말을 신고 걸어가는 모습이 마치 한 마리 학 같다고도 했다. 인근의 남학생들이 언니를 보기 위해 시간 맞춰 집을 나

김 선 영

선다는 얘기도 있었다. 오후 자습을 끝내고 어스름 녘 돌아오는 언니 뒤에는 꼭 한두 명의 남학생이 따라 붙었다. 어머니는 쌍다리가 있는 네거리까지 언니를 마중가곤 했다. 허둥지둥 걸음을 재촉하며 뛰어오는 언니의 가방을 받아들며, 어머니는 머리 위를 빙빙 도는 솔개로부터 새끼를 지키는 암탉처럼 언니를 등 뒤로 숨긴 뒤, 까만 골목을 향해 냅다 소리쳤다.

"이 씨부랄놈의 새끼들─ 어여 가서 밥이나 처먹지, 여기까지 뭣 하러 따라오고 지랄들이야! 당장 안 꺼져, 이 개놈의 새끼들아아─."

어머니의 욕이 섞인 목소리가 골목 안을 찢을 듯이 울리면, 어둑한 골목길에서 후다닥 몇 개의 발자국 소리가 흩어져 사라지곤 했다.

어머니는 알아주는 욕쟁이었다. 그 당시 어머니들치고 악다구니 없는 사람이 드물 정도였지만 그중 어머니가 제일이라고 손꼽을 정도였다. 어머니의 하이톤 목소리에 유리파편 같은 날카로움을 담은 욕은 그야말로 듣는 사람의 등골을 서늘하게 만들었다. 어머니의 그악스러움은 언니를 지켜야 한다고 생각할 때 최고 정점을 찍었다.

어머니가 사나운 개처럼 이빨을 보이며 언니를 지켰어도 사고는 일어났다. 어머니가 그렇게 애지중지하며 지키고자 했던 언니에게.

언니가 죽었다

그 사고의 후유증은 불쑥불쑥 수면 위로 올라와 언니의 앞길을 막았다. 약혼과 파혼, 그리고 몇 번의 자살시도. 그 사고는 언니 인생에서 늘 진행형인 사건이었다. 죽을 때까지 언니에게 따라붙은 사건이었고 언니가 죽고 나서도 그 후유증은 내게로 그리고 대를 이어 내 딸에게로 이어져 재현되고 있는 셈이다.

"찾았다."

골목이 시작되는 광장, 포치 아래 작은 가게를 보고 주연이 반색하며 가리켰다.

"저기야, 엄마. 베니스에 오면 꼭 이 해물튀김을 먹어봐야 비로소 왔다간 거라고 하잖아."

나는 이제 해물튀김을 찾아 돌아다니지 않아도 된다는 생각에 적이 마음이 놓였다.

하루 종일 얼마나 많이 튀겨냈나, 튀김옷이 까맣게 전 빛깔이다.

"워낙 여기는 이렇게 바싹 튀긴다니? 너무 태웠네."

나는 이게 맛집이냐고 따지고 싶은 것을 누르며 에둘러 말했다. 바다 쪽으로 난 벤치에 앉았다. 맞은 편 산타마리아역 광장에는 유럽의 젊은이들이 삼삼오오 계단에 걸터 앉아있다. 그들만이 그곳에 어울리는 거처럼 젊었고 자유로워 보였고, 거칠 것이 없어 보였다. 키스하고 포옹하고 장난치며 하늘을 향해 고개를 쳐든 채 부서지게 웃었다. 산타마리아역에는 유럽의 다른 나라로 가는 열차가 대기 중이다. 기차역은 자유, 그 자체였다. 나는 주연을 바라보았다. 주연도 저 젊은이 중 한 아이다. 젊고 자유롭고 거칠 것 없는. 그러길 바라는 마음은 간절했지만 늘 불안감이 엄습했다. 어딘가로 사라질까 봐, 내가 방심하는 사이에 깨져버릴까 봐. 평생 서리 맞은 꽃처럼 살다가 얼마 전에 죽은 언니처럼 그렇게 될까 봐.

바다는 지는 해를 받아 그야말로 누런 황금빛이다. 수면은 금방이라도 장난감 모형처럼 생긴 건물을 뒤집어 놓을 것처럼 높아 보였다. 코끝에 물비린내가 떠나지 않았다. 속은 좀처럼 가라앉지 않았다. 나는 지그시 눈을 감았다. 그래야 멀미를 멈출 수 있을 것 같았다.

"엄마, 아름답지 않아?"

"응."

나는 눈을 감은 채 성의 없이 대꾸했다. 여행하는 내내 되도록 서로의 기분을 다치지 않도록 애썼지만 쉽지 않았다. 말을 주고받을 때마다 서로의 속내가 유리병 속처럼 훤히 보였다. 서로가 애쓰고 있다는 것은 알지만 그것은 아주 손쉽게 깨졌다. 서로의 눈치를 보며 참아내다가도 아주 쉽게 때려쳤다.

– 저기 저 언덕 가보자.

– 가고 싶어? 난 더운데.

– 그럼 젤라또 먹을래?

– 아니, 그냥 그늘에 쉬고 싶어.

– 너는 여기까지 와서 꼭 그렇게 피곤한 티를 내야 되겠니?

– 왜 그렇게 화를 내? 아무 것도 아닌 것 가지고. 가, 가자고.

– 꼭 그 카페 가서 티라미수를 먹어야 하니?

– 그렇게 따지지 말고, 그냥 가면 안 돼? 나 하고 싶은 대로 하라며.

– 에어컨도 들어오지 않는 열차를 예약하고. 완전 찜통이네.

– 나도 그러고 싶어서 그런 거 아니거든. 몰라서 그런 거지.

주연과 나는 여행 내내 이런 식이었다.

새끼발가락이 깨질 것처럼 아팠지만 티내고 싶지 않았다.

주연이 맥주캔을 딴 뒤, 내게 내밀었다.

"가방 속에 이걸 여태 넣어가지고 다녔어? 무겁게?"

"응, 이 순간을 위해."

주연은 내 캔을 툭 친 뒤 마셨다. 주연의 목 넘김 소리가 시원하게 들렸다.

"하여간, 술만 늘었어."

"……."

김 선 영

한동안 말없이 바다만 바라보았다. 부초처럼 떠 있는 맞은 편 해협의 성당과 모형 같은 집들이 파도에 몸을 싣고 춤추는 거처럼 보였다.

"고마워, 엄마. 같이 와줘서."

"무슨 아쉬운 소리를 하려고 또 이리 밑밥을 까셔?"

"이 바다를 보며 맥주 한 캔 마시고 싶었어. 해물튀김 먹으며."

"소박한데 참 비싸기도 하다. 비행기까지 타고 와서 이 쩐 튀김을 먹어야 하다니."

"아유, 하여간 뒤끝작렬이야."

"나만 뒤끝 있는 줄 아냐? 넌 어떻고."

"그럼 유전인가? 우하하하."

"너, 엄마 멕인 거지?"

"하하하."

주연은 통쾌하게 웃어 젖혔다. 그런 뒤 맥주캔을 홀짝거렸다.

주연과 나 사이에는 개운하지 않은 뭔가가 있어 늘 삐그덕 거렸다. 제 아빠와 끝까지 살아내지 못한 원망을 내게 실어 보내는 건지, 아니면 그렇게 해주지 못했다는 미안함을 내가 주연에게 실어 보내는 건지. 잘 모르겠다.

석양으로 점점 사방이 황금빛이다. 일렁이는 물비늘도 그 물비늘에 너울대는 건물 벽도 하늘도. 주연의 머리칼도 금빛으로 화사했다.

"엄마, 걱정하지 마. 나는 절대로 이모처럼 되지 않아."

주연이 바다를 바라본 채 슬쩍 내 손을 감싸 잡았다.

"뭐?"

가슴이 툭 내려앉았다.

"이모처럼이라니? 이모처럼, 뭐?"

언니를 생각하자 숨이 거칠게 올라왔다. 어머니와 언니가 그날 밤 일을 내게 한 번도 말하지 않았기에 나도 주연에게 이모 얘기를 한 적이 없다. 이모는 왜 혼자 살아? 왜 애기가 없어? 주연이 어렸을 때부터 물었던 질문에 제대로 답한 적이 없다. 그냥, 이모가 그러고 싶대, 하고 얼버무리기 바빴다.

주연은 내가 당황하건 말건 하고 싶은 말을 제 호흡으로 했다.

"이모가 엄마 걱정 많이 했어."

"뭐? 이모가, 내 걱정을?"

"응, 이모는 씩씩한 내가 좋대."

"죽어가는 사람이 살아 있는 사람 걱정을 왜 해?"

"엄마는 겁이 너무 많아서 탈이래. 그렇게 만든 건 이모라면서. 미안하대."

"느이 이모 진짜 별꼴이다. 왜 자기가 미안한 일이야 그게. 응? 그게 자기가 미안해할 일이야?"

나는 또 소리를 지르고 말았다. 내 목소리가 하늘에 닿을 수 있다면, 하늘에 닿기를 바라는 마음으로, 그 먼 곳까지 닿을 수

김 선 영

만 있다면. 언니 제발, 그만해. 그 미안한 마음 이제 그만해. 왜 그게 언니가 미안해할 일이냐고 따지고 싶었다. 눈물이 났다. 언니를 보낼 때도 몇 번 나지 않았던 눈물이 옴팡 쏟아지는 느낌이다.

주연이 내 등 뒤에 손을 올린 뒤 토닥거렸다. 주연은 이제 아이가 아니다. 이제껏 아이처럼 징징대는 사람은 나였다.

"살아 있는 것이 살아내는 것이, 버티는 것이 무섭지, 죽는 건 무섭지 않다고. 그래서 너무 편안하다고 했어. 그래서 혼자 남는 엄마를 누구보다 걱정했어. 이모가 나한테 엄마를 잘 부탁한대."

"뭐라고? 참내."

"너무 슬퍼하지 말래."

나는 기어이 꺽꺽거리며 울었다. 삼십여 년 전, 그날 밤 이후 쉬쉬거리며 묻어 두었던 언니에 대한 슬픔이 봇물 터지듯 나오는 것 같았다. 결국 슬픔도 내 서러움이다. 그런 언니를 지켜봐야 했던 힘듦과 서러움의 덩어리. 인간은 끝까지 이기적일 수밖에 없는 모양이다. 내가 주연에게 여행 내내 툴툴거린 것도 결국 내 문제인 거처럼.

"엄마—."

이번엔 주연이 나를 나직이 부르며 감싸 안았다. 나는 주체할 수 없는 울음을 감추느라 주연의 어깨를 꼭 안았다. 작고 가

날프고 여린 어깨다. 나는 그 어깨에 얼굴을 묻었다.

주연과 나는 한동안 말없이 바다를 바라보았다. 하늘을 찌를 듯 솟구친 곤돌라 뱃머리 위에, 균형을 잡으려 애쓰며 사공이 서 있다. 파도의 일렁임에 맞춰 사공이 노래를 불렀다. 노래가 침묵 사이로 파고들었다.

"튀김 더 식으면 맛없어. 엄마한테 얼마나 구박을 받으며 획득한 전리품인데."

주연이 해물튀김이 든 봉투를 내밀며 먹으라고 권했다. 그런대로 먹을 만했다. 각종 해물 그대로 튀김옷을 과하게 입히지 않아 씹는 맛이 났다.

맥주의 탄산이 목을 타고 전신을 깨우듯 시원하게 퍼져나갔다.

사실 학교 방문은 핑계였고 여행이 목적이라는 것을 진즉에 눈치챘다. 내일 학교 방문을 마지막으로 여행 일정을 마친다. 로마로 입국, 베니스로 출국하는 열흘간의 일정은 주연이 짰다. 처음부터 알아서 하겠다며 다 맡기라고 했다. 주연이 하자는 대로 하기로 약속했지만 24시간 붙어있는 건 쉽지 않은 일이다.

"내일이면 학교 방문이네. 너, 정말 이 학교 갈 거야? 이 먼데로?"

경유시간까지 합치면 근 이십 시간 이상 걸리는 거리이다.

김 선 영

거기다 학교까지는 잠도 자지 않고 꼬박 하루가 걸린다. 비행 시간을 생각하자 폐소공포증 발작이라도 일어날 것 같은 갑갑증이 밀려왔다. 열흘 동안 혀끝에 맴돌며 불쑥불쑥 묻고 싶었지만 참았던 말이기도 했다.

"일단, 내일 학교 가 보고."

주연은 말없이 맥주를 마셨다.

"이모 말이야. 대체 이모에게 무슨 일 있었던 거야?"

그간 주연이 정식으로 묻지 않은 말이었고 나 또한 주연에게 하고 싶지 않은 말이었다. 어머니가 끝내 그날 밤 언니에게 생긴 일을 세상 밖으로 내놓지 않은 거처럼 나도 암묵적 약속인 양 따라야 한다고 생각했다.

"……."

"말하지 않고 묻어두어서 이모 인생이 나아진 게 뭐 있어?"

"뭐?"

나는 또 허를 찔린 거처럼 비명 같은 단말마의 소리로 대꾸했다. 반면 주연은 다 알고 있다는 듯 담담한 어조로 말했다.

"할머니도, 엄마도 잘못 생각한 거야."

주연이 단호하게 말했다.

"네가 뭘 안다고 그렇게 말해?"

가까운 사람끼리, 특히 가족끼리는 본질을 건드리는 말은 피하고 싶어한다. 안 그래도 늘 바닥을 보고, 보이는 관계인데 더 깊은 바닥까지 들여다본들 득이 될 게 없기 때문이다. 쑥스럽고 민망함만 남아 더욱 관계를 불편하게 만든다.

"엄마도 할머니한테 '니까짓 게 뭘 안다고 아는 척해?'라는 말을 들으면 기분이 어떨 것 같아?"

주연은 정확히 가격지점을 찾아 공격했다. 나는 신음조차 내지 못하고 쓰러지는 패자였다.

"엄마가 나한테 그러는 거 지나친 피해의식 같은 거 아니야?"

눈앞에 불이 번쩍하고 일었다. 현기증이 나며 어쩔했다.

"지나친 피해의식? 엄마가 너를 걱정하는 게 피해의식 같니?"

나는 거친 숨소리를 담아 되물었다. 입 밖으로 꺼내지 않았을 뿐 주연이 다 알고 있다는 생각이 들자 숨이 턱 막혔다.

주연은 대꾸 없이 맥주캔을 찌그러트렸다. 둘 다 말을 잇지 않았다. 숨소리까지 일일이 체크될 정도로 서로의 신경이 팽팽히 맞섰다.

번번이 한 대 맞고 뻗는 건 나였다. 주연의 어퍼컷은 그렇게 인정사정없다.

"말했다고 한들 뭐가 달라졌을까."

내가 한 김 뺀 목소리로 말했다.

"그건 그다음의 일이야."

주연은 기다렸다는 듯 득달같이 대꾸했다.

"그래, 똑똑하셔. 넌 무슨 말이 행간도 없냐? 나이 든 엄마

정신도 못 차리게."

　말하지 않는다고 해서 언니에게서 끝난 문제가 아니라는 것도. 결국 그건 나와 나의 딸에게 이어지는 문제라는 것도. 그리고 살아 있어도 살아 있는 게 아닌 거처럼 살았던 언니를 두 번 죽인 일이라는 것도 너무나 잘 알고 있다. 그렇지만 입 밖으로 꺼내는 건 내게 또 다른 고통이었다. 그래서 어머니도 죽을 때까지 피하고 싶었을지도 모른다.

　그해 여름 유난히 비가 많이 내렸다. 골목의 보도블록 사이에서는 손가락만 한 지렁이가 꿈틀대며 나왔고, 포장되지 않은 큰 길에서는 발이 쑥쑥 빠졌다. 논바닥이 도로로 편입된 곳에서는 시꺼먼 펄 흙이 올라왔다. 일주일째 비가 퍼붓던 날, 그날따라 유난히 천둥과 번개가 잦았으며 가끔은 하늘이 찢어지는 소리를 내며 가까운 곳에 벼락이 떨어지곤 했다. 빨갛게 달구어진 쇳덩어리가 하늘로부터 떨어지는 것이 벼락이라는 것을 그때 처음 알았다.

　그날 저녁 언니는 제 시간에 돌아오지 않았다. 어머니는 언니를 마중하기 위해 벼락 치는 것도 아랑곳없이 우산을 들고 집을 나섰다. 쌍다리가 있는 네거리와 그 아래 백광세탁소와, 신광이발소를 지나 삼양석유와 신흥제분소가 있는 큰 길까지 나섰지만 언니는 보이지 않았다.

언니를 만나지 못하고 흠씬 젖은 채로 돌아오던 어머니가 집 앞에 썩은 감나무처럼 쓰러져 있는 언니를 발견한 건 칠흑같이 어두운 밤이었다. 비는 지겹게도 퍼부었고 어머니와 언니는 부둥켜안은 채 울기만 했다. 하늘에 대고 욕이라도 퍼부을 것 같은 어머니의 분노가 느껴졌지만 어머니는 온몸을 부들부들 떨면서도 입 밖으로 어떤 소리도 내지 않았다. 언니는 몇 날 며칠 앓아누웠다. 식은땀과 헛소리가 이어졌다. 어느 순간은 악몽을 꾸는 듯 소리치기 시작했다. 내가 깨우느라 몸에 손을 대자 소스라치듯 놀라 이불로 제 몸을 뚤뚤 감쌌다. 그 즈음, 언니는 거의 제정신이 아닌 것 같았으며 누구와도 눈을 맞추려 하지 않았다. 그날 밤 학교를 마치고 돌아오던 언니에게 무슨 일이 일어난 건지 나도 정확히 알지 못한다. 다만 어머니와 언니의 태도와 간간이 들리던 언니를 다그치는 어머니의 목소리 너머로 유추할 뿐이다.

"누구였니?"

"모르는 얼굴이었어."

"이 동네 놈은 아니었니?"

"완전 어두웠고 제분소 창고에는 불이 들어오지 않았어."

"씹어 먹어도 션찮을 노무 새끼. 내가 누군지만 알면 당장 요절을 낼 거다."

늦은 밤, 언니와 어머니는 목소리를 낮추며 얘기를 주고받았다.

"아무한테도 얘기하지 말어라. 행여 입 밖으로 나면 넌 끝난다."

"……."

"왜 대답이 없니?"

"알아요."

언니가 이불을 머리끝까지 뒤집어쓰자 그제야 어머니는 말을 멈췄다. 나는 숨도 쉬지 않고 뒤척임도 누르며 두 사람의 말에 귀를 기울였다.

"생리는 언제 했니?"

"이번 달엔 아직."

"예정일이 언젠데?"

"불규칙적이라 몰라요."

"갈기갈기 찢어죽일 놈의 새끼. 내가 죽어 원혼이 돼서라도 갚음은 꼭 할 거다."

어머니는 이를 뿌득뿌득 갈았다.

"……."

"절대 입 밖으로 꺼내서는 안 된다. 니 동생한테도 절대 말하지 말아라. 알았지?"

"……."

소문은 아주 빨랐다. 밀림의 식물처럼 삽시간에 괴이하게 자라났다. 아무도 입 밖으로 내지 않아도 저절로 부풀려지고 만들어져 돌아다녔다. 말은 살아 있었다. 언니가 몰래 숨어 아기를 낳았다는 소문까지 돌았으니.

그 소문은 꼿꼿했던 어머니의 자존심에 무수한 스크래치를 냈고 그곳에서 도저히 버틸 수 없게 만들었다. 어머니는 이삿짐을 꾸렸고 우리는 그 구질구질했던 산동네를 떠났다. 그곳을 떠났다고 해서 없었던 일이 되는 것이 아님을 어머니는 언니의 삶을 보며 처절하게 되뇌었다. 그놈을 끝까지 잡아내서 요절을 냈어야 했다고, 그곳을 그렇게 쉽게 떠나는 게 아니었다고. 어떤 썩어 뒈질 놈만 속 편하게 놔준 거라고. 거기서 어떻게든 버텨냈어야 했다고. 사람들이 뱉은 말이 얼마나 고약스러운 건지 되돌려 줬어야 했다고. 언니에게 생사를 가르는 일이 일어날 때마다 어머니는 무수한 말을 그렇게 쏟아내었다.

내 말이 끝나자 주연이 따지듯 물었다.

"이모 잘못이 아니잖아, 그냥 사고 같은 거 아니야? 교통사고 같은."

나는 아무 대답도 하지 못했다. 그때는 그렇게 부끄러운 사회였다고. 지금도 그렇지 않다고는 말할 수 없다고. 그렇게 크게 변하지는 않은 것 같다고 말하고 싶었지만 하지 않았다. 그래서 네가 더 불안하다고, 말하지 않았다.

　　　　　　　　　/ 김 선 영

숙소로 돌아가기 위해 수상택시를 탔다. 저녁 시간이라 자리가 없다. 주연과 나는 뱃머리쪽 갑판에서 바다를 바라보며 섰다.

"네 전공은 성형이잖아. 만드는 거. 그런데 내일 가보는 학교는 해체하는 작업 아니야?"

내일이면 베니스를 떠나 모자이크 학교가 있는 프리울리로 향한다.

"그, 글치."

주연이 정곡을 찔린 거처럼 허둥대며 말했다.

"이주연, 너 꼭 럭비공처럼 나대는 거 같지 않니?"

섬유학을 하다가 어느 날 울며불며 전화해 전통 도자를 해야겠다고, 엄마 나를 위해 1년만 더 고생해줄 수 없냐고 묻던 게 생각났다.

"엄마, 나 요즘 잠이 안 와. 내 미래가 너무 불안해서. 몇 날 며칠 생각했는데 이건 아니라는 생각이 들어. 하고 싶지도 않고 미래도 안 보이고. 이걸 하지 않으면 영영 후회할 거 같아. 전공 바꾸고 싶어."

나는 번번이 주연에게 졌다. 주연이 입 밖으로 말을 꺼냈다는 건 이미 결심이 섰다는 거고 이제 행동만 남았다는 뜻이다. 나는 결국 그렇게 하라고 했다. 이제 내가 할 수 있는 말은 아주 제한적이라는 생각이 들었다. 그게 머리 큰 자식 앞에서의 부모일 것이다.

"난 너무 해보고 싶은 게 많아."

주연이 바다를 바라보며 무심히 말했다.

"싫증을 너무 쉽게 내는 건 아니고?"

"하여간 우리 엄마 말 끊는 데는 천재야. 싫증? 그럴지도 모르지."

"……."

나는 말없이 바다를 바라보다 무연히 말했다.

"뭐가 됐든 해봐. 그러다 보면 길이 보이겠지."

주연이 놀란 눈으로 내 얼굴을 뚫어지게 보았지만 나는 모른 척했다.

물비린내는 여전했고 해가 기울자 바다의 일렁임은 더 거칠어졌다.

언니가 떠나기 전, 내 손에 쥐어 주었던 쪽지가 지갑 속에 있다. 그 쪽지 안에는 살아생전 언니가 끼고 있던 실반지가 들어 있다. 그때 나누었던 언니의 목소리가 지금도 들리는 듯하다.

"제발 그 어설픈 위로 좀 그만두면 안 되겠니? 네 위로의 말을 들을 때마다 암세포가 더 늘어나는 것만 같아. 그것도 아주 삽시간에. 그러니까 그만둬."

"왜 그래? 그나마 있는 정마저 떼고 싶어서 그래? 그렇게 악

김 선 영

의적으로 말하지 않아도 돼."

"됐어. 그만해."

언니가 벽을 향해 돌아누웠다. 죽음은 언니 몫이니 가까이 오지 말라고 내게 싸늘히 차단막을 치는 것 같았다.

"가."

언니가 차갑게 벽을 향해 말했다. 그런 언니가 야속해 병실 문을 밀고 나서려는데 등 뒤에서 언니의 목소리가 들렸다.

뼈만 앙상히 남은 손아귀에는 하얀 종이쪽지가 파들거렸다.

"이거, 주연이 거야. 주연이 몫으로 줘."

"이게 뭐야?"

은행 계좌와 비밀번호가 적혀있다.

"주연이 저하고 싶은 대로 둬. 그때 써."

나는 쪽지 안의 실반지를 꺼내 바다로 던졌다. 반지는 포물선을 그리며 아주 짧은 순간 반짝하더니 이내 수면 아래로 사라졌다. 지중해의 푸른 바다 속을 유영하듯 자유롭게 떠다니길 빌었다.

기차를 타고 버스로 갈아 탄 뒤, 다시 택시로 모자이크 학교에 도착했다. 견학 신청을 미리 해놓았기 때문에 안내자가 나와 있다. 시골의 아주 조용한 마을이다. 오래된 성곽이 남아 있고 그 성곽 안에 족히 몇백 년은 돼 보이는 건물이 있다. 지나다니는 사람도 없고 마치 박제된 고대의 성안에 들어와 있는 느낌이다. 학생들 대부분은 방학으로 각 나라로 돌아갔으며 몇몇 학생들은 계절학기로 남아 있다고 했다. 학교 안에는 오색창연한 모자이크 작품이 전시되어 있다. 몇몇 학생들이 교실 안에서 망치로 돌을 깨고 있다. 그렇게 깨진 돌조각을 이어 붙여 붓터치 같은 그림을 탄생시키는 작업이다. 수많은 돌조각들의 색채와 명도, 조도와 모양과 씨름하며 조각들을 맞춰야 하는 분야이다.

주연은 말없이 벽에 걸려 있는 작품들을 보고 학생들이 실습하는 교실도 들어가 말을 붙이기도 했다.

주연은 지금 무슨 생각을 하고 있는 것일까. 그리고 어떤 결정을 내릴까. 나는 주연의 발길을 따라 걷고 시선을 따라 눈길을 주며 뒤따르고 있다.

학사 일정과 기숙사 등 학교 측의 자세한 안내를 듣고 교정을 걸어 나왔다. 전문 직업 학교인데 우리나라에서 학점으로 인정해 준다는 게 좀 수긍이 가지 않는다고 주연은 꼼꼼히 따졌다. 나름 알아본 게 많은 듯 물었다.

학교를 다녀온 뒤, 주연은 아무 말도 하지 않았다. 생각은 많아지고 좀 지친 듯한 얼굴이었다. 주연과 나는 말없이 가방을 싼 뒤 공항으로 향했다.

김선영

수속을 끝내고 인천행 비행기를 타기 위해 대기 중이다.

"가고 싶으면 가."

나는 주연에게 무심히 말했다.

"갑자기?"

"왜 암말도 없어. 견학을 했으면 의견을 말해야지."

"모르겠어. 좀 생각이 많아지네. 엄마 어제 봤던 그 기숙사에 벌레 기어 다니는 거 봤지?"

"겨우 벌레 때문에? 결심이 달라지니?"

"그건 아니고, 아무튼 좀 시간을 갖고 생각해 봐야겠어."

그 많은 생각들 중 제 엄마에 대한 것은 있을라나? 더 이상 구걸하지 않을 거다. 그것조차도 발목을 잡는 거라고 했으니. 제가 태어난 곳을 끊임없이 부정하며 새로운 세계를 만들어 가는 것이 자식이라는 것을 알면서도 인정하고 싶지 않았는데.

"의외네. 엄마가 이렇게 빨리 설득되리라고는 생각 안 했는데."

"너야말로 뒤끝 작렬이다."

"우하하하, 왜 생각이 달라졌어? 이역만리 어쩌고 하더니."

"나도 날개 좀 달아보려고 한다. 왜? 너만 자유 좋아하는 것 같냐? 엄마도 자유다."

"올~."

구름 한 점 없는 푸른 하늘 아래, 물살을 날렵하게 가로지르는 돌고래처럼 생긴 푸른 비행기가 활주로를 달려 날아오른다. 저 많은 비행기들이 각자의 나라로 기수를 돌리며 가붓하게 대기의 바람을 탈 것이다.

언니의 반지는 지금 지중해 어디쯤 떠다니고 있을까. 나는 바닷속 같은 푸른 하늘을 올려다보며 물었다.

– 언니, 잘 지내지?

김 선 영

∴ 작가의 말

어린 시절, 내가 살던 산동네에는 유난히 이상한 소문이 횡행했다. 어느 공사장 모랫더미에서 여자 팬티와 스타킹이 나오고, 어느 빈 공터에서는 여자 변사체가 나왔다는 소문이 돌았다. 수많은 밤의 위협과 공포로부터 딸을 지키기 위해 집에서는 통행금지 시간이 있었고 어머니는 딸자식들이 무사히 돌아올 때까지 집 앞에서 서성거려야 했다. 여자로 태어났다는 것은 크나큰 약점이며 죄스러운 것이라는 인식이 자라났다. 가해자는 활보하며 다니고 피해자는 숨어 다니는 꼴이었다. 남녀 간의 문제가 생겼을 때 질타의 손가락이 여성에게 향하는 것을 수없이 보아왔다. 나도 딸을 낳았다. 나도 내 어머니처럼 불안 속에서 딸의 귀가를 종용하는 전화를 했다. 딸이 들어와야지만 그날 하루가 무사히 끝난 거다. 어떤 누구는 시대가 많이 변했다고 하는데 얼마나 변했는지 체감되지 않는다. 남녀 간의 문제가 생겼을 때 잘잘못을 떠나 여전히 취약 지점으로 몰리는 것은 여성이다. 그 오랜 시간 고착된 수직적 관계가 수평적으로 되기까지는 그만큼의 시간이 걸릴지도 모른다. 그간 얼마나 폭력적이었는지 통렬히 인식하고 비판하고 인정하는 시간이 우리 모두에게 필요하다.

여성이기 때문에, 혹은 남성이기 때문에 죄가 되지 않는 세상을 꿈꾼다.

김선영

청소년문학 대표 작가들의 여섯 빛깔 이야기

파예할리
-그래 가자

박 상 률

박상률

1990년 <한길문학>에 시를, <동양문학>에 희곡을 발표하면서 작품 활동을 시작했다. 2018년 아름다운 작가상을 수상했으며, 소설 「세상에 단 한 권뿐인 시집」은 고등학교 국어와 문학 교과서에, 소설 「봄바람」은 중학교 국어 교과서에 수록되었다. 지은 책으로 소설 『세상에 단 한 권뿐인 시집』, 『봄바람』, 『나는 아름답다』, 시집 『진도 아리랑』, 『하늘산 땅골 이야기』, 『국가 공인 미남』 등이 있다.

사람은 평평한 맨땅에서도 미끄러져 목이 부러지기도 한다.

여기 우주선 안에서도 어떤 일이 일어날 수 있다.

내가 다시 돌아오지 못하더라도 너무 슬퍼하지 말기를…….

가가린은 지금 우주선 '보스토크 1호'에 타고 있다. 그는 며칠 전에 서서 집 책상 서랍에 두고 온 편지를 떠올렸다.

불안감이 밀려왔다. 어쩔 수 없는 불안감……. 그는 가족들이 자신의 유언이 담긴 편지를 읽을 일이 없기를 바랐다. 가족들이 자신의 편지를 읽으며 슬퍼할 걸 생각하자 불안감을 더욱 떨칠 수 없다.

몇 년 전 집을 나와 거리를 떠돌던 개가 우주선을 탔다. 나중에 '라이카'라는 이름이 붙은 떠돌이 개가 목숨 달린 생물체로선 처음으로 우주선을 탄 것이다. 하지만 라이카는 몇 시간

만에 죽었다.

이제 개가 아닌 사람이 우주선을 탄다. 사람 우주인은 가가린 자신이다. 어쩌면 자신도 개 라이카처럼 죽을지 모른다. 하필 자신이 라이카의 대타로 뽑히다니…….

그러나 이제 어쩔 수 없다. 목숨을 걸고 우주로 떠날 수밖에 없다.

파예할리!

그래 가자…….

나는 '파예할리'라는 말의 의미를 조금은 알고 있다. '파예할리'는 어떤 결정을 내려야 할 때 아빠가 곧잘 쓰는 말이다. 아빠는 '파예할리'가 러시아 말이라 철자는 어떻게 쓰는 줄도 모르지만 어려서부터 입에 붙어 있어서 익숙하다고 했다.

아빠는 어렸을 때 적성국가 소련이 우방이라고 하는 미국을 제치고 우주선을 먼저 쏘아 올렸다는 사실을 알고 충격을 받았단다. 아빠와 같은 초등학교 아이들이었던 아빠 친구들은 그 점이 의아했다.

"소련이 사람이 탄 우주선을 쏘아 올렸대!"

"미국이 아니고?"

"분명히 소련이야. 우주선에 탄 사람은 소련 공군 가가린 이래!"

"가가린? 뭔 이름이 그러냐? 꼭 사카린 같애!"

아빠를 비롯한 아이들은 미국이 아닌 소련이 사람이 탄 인공위성을 하늘로 쏘아 올렸다는 사실이 믿어지지 않았다. 그런 일이라면 당연히 미국이 해야 하는 것으로 알고 있었는데, 소련이 하다니! 미국은 좋은 나라이고 소련은 나쁜 나라잖아? 그런데 나쁜 나라 소련이 인공위성을 쏘아 올렸다고? 소련 공군 중위 가가린이 최초 우주 비행사가 되다니, 그동안 미국은 뭘 하고 있었지?

미국만이 아니다. 대한민국은 더 큰 충격에 휩싸였다. 소련이 그해 4월 공군 소속 가가린이라는 중위가 탄 우주선을 하늘로 쏘아 올릴 때, 대한민국 군인들은 육군 소장을 중심으로 나라를 뒤엎을 준비를 하고 있었단다. 대한민국에선 이른바 5·16 쿠데타 탓에 소련의 가가린 우주선 충격이 이내 곧 묻히고 말았다.

그래서 아빠는 나중에 고등학생이 되어서야 '파예할리'의 뜻을 알게 되었다. 가가린이 그런 말을 할 때의 심정도 그때서야 느껴졌다.

파예할리…….

기왕 여기까지 왔으니, 가자, 가보자!

이제는 갈 수밖에 없는, 체념이 담겨 있는 말. 얼마나 가기 싫었을까?

파예할리　　　　　　　　　　　　　　　　　75

5·16 쿠데타를 일으킨 군인들의 심정도 그랬을까? 그들은 나라를 뒤엎기 위해 한강 다리를 넘어가면서, 그들도 '그래 가자' 그랬을까?

그들은 쿠데타로 정권을 잡고 나자 모든 책의 뒷면에 '혁명 공약'이라는 걸 붙이게 했다. 아빠가 가가린에 대해 자세히 알게 된 것은 역설적이게도 군인들의 혁명 공약이 붙어 있던 사전이었다. 사전의 '가' 항목 첫 부분에 '가가린'이 있었다. 아빠는 가가린 부분을 읽으며 익힌 '파예할리'가 자신의 단골 간투사가 될지 그땐 몰랐다.

나의 지금 심정도 '파예할리'다. 아빠가 머뭇머뭇하다가 순간적으로 내뱉는 말을 나도 내뱉게 되었다.

사실 나는 아빠가 늘 못마땅했다. 여름휴가 때면 바다로 갈까 산으로 갈까 결정을 못 내리고, 겨울휴가 때면 고향 집으로 갈까 스키장으로 갈까 고민했다. 아빠는 가장으로서 늘 망설였다. 그러다 한 곳으로 마음을 정하면 마지못한 듯, 체념한 듯, '파예할리'를 내뱉었다. 나에게 아빠의 '파예할리'는 우유부단하다 못해 자포자기 심정으로 내뱉는 말로 들렸다.

물론 아빠도 하고 싶은 게 있었다. 그러나 포기했다. 아빠는 시인이 되고 싶었단다. 그러나 아빠가 시인을 꿈꾸기에 아빠가 걸머져야 할 집안의 현실은 절망적이었다. 6남매의 장남인 데다 부모님과 조부모님까지 아빠가 모셔야 했단다. 그래서 아빠

박 상 률

는 가정을 구해야 한다는 절박한 현실 앞에서 시인의 꿈을 접어야 했다. 아빠는 자신이 가야할 길을 알고, 자신이 가져야 할 직업을 알고, 그 길을 걸어갔다. 시인의 꿈은 '파예할리'라는 말로 날려버렸다.

아빠의 파예할리는 어찌 보면 포기였다, 체념이었다……. 그런데 지금 내가 그 흉내를 내고 있다. 이래서 욕하면서, 흉보면서 닮는다는 말이 생겼는지도 모른다. 하지만 나의 파예할리는 새로운 길에 대한 결심이다, 라고 애써 자위한다. 나의 파예할리는 도전이고, 떨림이다. 가가린의 파예할리도 처음엔 두려움에 따른 체념이었겠지. 새로운 길은 언제나 두려움과 함께 한다. 때론 체념이 새로운 도전으로 바뀌기도 하는 법. 도전은 곧 떨림이고…….

교실에 비둘기가 날아들었다. 열린 창문을 통해 화단에서 놀던 비둘기가 길을 잘못 잡아 교실로 날아든 것이다. 비둘기는 운동장 쪽으로, 넓은 하늘로 날아가려 했는지 모른다. 그런데 운동장보다 좁은 교실로, 하늘보다 좁은 교실로 날아들고 말았다. 비둘기는 애초에 교실은 염두에 두지도 않았을 것이다.

아이들은 비둘기가 교실 벽에 부딪치기도 하고 칠판에 미끄러지기도 하면서 나갈 곳을 못 찾아 이리저리 퍼덕거리며 돌아다니자 웅성거렸다. 더러는 책을 던지기도 하고 소리를 지르기도 했다. 아이들이 호들갑을 떨수록 비둘기는 더 당황스러워하며 좌충우돌했다. 나는 그 순간 '날아라, 비둘기야. 날아라!'라는 말을 떠올렸다. 가가린이 우주선을 탔을 때 부른 노래라지. 비둘기가 마치 가가린 같았다. 아이들의 박수와 방해를 동시에 받으면서, 마지못해 교실 안을 날아다니는 비둘기. 어쩌면 내 꼴이기도 했다. 이리저리 벽에 부딪치며 창문을 찾던 비둘기는 마침내 열린 창으로 교실을 빠져나갔다. 나는 드디어 안심했다.

'날아라, 비둘기야. 날아라!'

가가린도 자신이 갈 곳이 어딘지 알고 있었지만 망설였다. 그래서 당시 유행하던 노래를 자신도 모르게 나직이 불렀다. 날아라, 비둘기야. 날아라……. 나도 내가 가야 하는 곳을 알고 있다. 그러나 망설여진다. 교실로 잘못 들어온 비둘기처럼, 나도 학교에 잘못 들어와 있다. 그렇다면…….

종례 시간이 되었다. 담임선생님은 오늘도 훈시랍시고 한바탕 연설을 하였다. 그리고 마지막으로 다그치듯 한마디를 덧붙였다.

"꿈을 크게 가지세요. 꿈꾸는 자만이 미래를 열 수 있습니다. 집에 가더라도 그냥 쉬거나 자지 말고 열심히 공부를 해야 합니다. 오늘 열심히 공부해야 여러분의 미래가 바뀝니다. 하다못해 남편감이 달라지지요! 이상."

담임선생님은 나름대로 아이들을 걱정해주느라 잔소리를

박 상 률

늘어놓는 것이다. 하지만 담임선생님의 걱정 어린 말을 진심으로 듣는 이는 아무도 없다. 모두들 종례가 얼른 끝나 학교를 빨리 벗어났으면 한다. 속으로 저런 잔소리쟁이를 만나려고 사모님은, 봄부터 소쩍새가 되어 울었나 보다, 가 아니라 여고 3년 내내 잠도 안 자고 꿈을 크게 갖고 공부했겠거니 생각했다. 그런 노력의 결과 어렵고 어려운 교사임용고시를 통과한 담임선생님을 '드디어' 만났겠지. 어쩌면 속으론 다들 그런 생각을 하고 있을 것이다. 아이들 생각도 나와 같을 테니까.

담임선생님이 아이들보다 조바심을 더 낸다. 잔소리하는 재미로 교사를 하는 담임선생님! 그럴 것이다. 우리가 없었으면 어쩔 뻔했나? 담임선생님은 '이상!'이라는 말을 몇 번이나 더 하고서야 종례를 마쳤다.

교실을 나섰다. 집에 갈 시간이다. 하지만 집에 가기 전에 들러야 할 곳이 하나 더 남아 있다. 학원. 집에 갈 시간이지만 막 바로 곧장 집으로 갈 수 없다. 교문 밖에 학원 차가 기다리고 있다.

'이 차의 종점은 한국대학입니다.'

노란색의 학원 차 옆구리에 붙어 있는 흰 현수막에 검고 빨간 색으로 쓰여 있는 글씨다. 학원 차의 종점이 학원이 아니고 '한국대학'이란다. 학원 차만 타면 한국대학까지 데려다주는가? 한국대학은 우리 집과는 반대편에 있어 족히 두 시간은 가야 하는데……. 나는 그 말이 그런 뜻이 아니란 걸 알지만 괜히 엉뚱한 생각을 해보았다.

한국대학은 전교에서 1등을 해야 가까스로 갈 수 있다. 그 등수를 유지하기 위해선 그야말로 인간이어선 안 된다. 잠도 자는 둥 마는 둥 해야 하고, 친구들과 수다도 떨어선 안 되고 오로지 책만 들이파야 한다. 거기 갈 학생이 들이파야 할 책은 당연히 참고서이다. 수석 입학자들이 과외도 하지 않고 교과서만 열심히 읽어서 들어왔다고 하는 말에 속아선 안 된다. 거기 가기 위해선 학원도 열심히 다녀야 하고 학원 교재를 비롯 이름난 참고서는 모두 달달 외워야 한다. 한눈을 팔아선 절대 안 된다. 그런데 담임선생님은 꿈을 크게 가지라고 한다. 꿈꾸는 자만이 미래를 열 수 있다고 한다.

꿈을 꾸기 위해선 무엇보다도 잠을 자야 한다. 그런데 담임선생님이고 학원 강사고 간에 '네 성적으로 잠이 오냐?'라고 윽박지른다. 그들 모두 애초에 꿈을 꿀 수도 없게 만들어버린다. 물론 그들이 말하는 꿈이 잠잘 때 꾸는 꿈이 아니고 희망의 다른 말인 줄 모르는 바 아니다. 그러나 배배 꼬인 마음은 그런 비유적 표현을 받아들일 여유가 없다. 내 마음은 마냥 직설적이고 직선적이다.

종점이 한국대학인 학원 버스를 타고 학원에 왔다. 학원 주차장에 내려서 보니 차 뒤엔 '이 차에는 1등 학생들이 타고 있

박 상 률

습니다!'라는 문구가 적힌 광고 현수막도 붙어 있었다. 내가 1등? 한국대학을 가려면 역시 1등을 해야 하는구나…….

나는 학교 교실에서 학원 강의실로 옮겨왔다. 교실을 벗어나 운동장과 하늘로 날아간 비둘기가 되지 못했다. 비둘기만도 못한 나의 존재. 가가린이 우주여행을 떠나기 전에 읊조렸다는 노래가 또 떠올랐다.

'날아라, 비둘기야. 날아라!'

하지만 나는 날지 못하는 비둘기가 되어 장소만 달리해 또 갇혔다. 1등이 아니면서도 유령 한국대학에 와 있다. 학원 차에 타면 누구나 1등이 된다. 학원 차엔 1등 학생들이 타고 있다잖아!

가가린이 우주선을 타기 전에 떠돌이 개 라이카를 우주선에 태웠단다. 나중에 사람을 우주선에 태우기 위해 먼저 개를 태워본 것이다. 근데 라이카는 가가린이 우주선에 오르는 것에 별 다른 도움을 주지 못하고 곧 죽고 말았다. 어쩌면 곧 죽었다는 사실이 가가린에겐 도움이 되었는지도 모른다. 그래서 가족들에게 유언을 써놓을 수 있었겠지.

라이카가 하루도 견디지 못하고 죽었는데도 당시 소련 정부는 인공위성이 우주를 도는 나흘 동안 라이카도 내내 살아 있었다고 발표했다. 선전 효과를 노리기 위해서였다. 사실 라이카는 우주선 발사 뒤 다섯 시간도 채 못 되어 죽고 말았단다.

엄청난 스트레스와 우주선 내부의 뜨거운 열을 견디지 못했다고 한다. 그런데도 당국의 벼슬아치들과 우주 기지의 과학자들은 오로지 하늘로 쏘아 보낸 우주선이 성공했다고만 떠들어댔다. 라이카의 운명엔 애초에 관심이 없었다. 그러기에 지구로 다시 돌아오는 기능이 없는 인공위성에 라이카를 태워 우주여행을 떠나도록 했을 것이다.

내가 딱 그 짝이다. 지금 스트레스를 엄청 받고 있다. 어쩌면 그 스트레스 때문에 열받아 죽을지도 모른다. 게다가 지금 생활이 잘못된 줄은 알겠는데, 처음으로 돌아갈 수도 없다. 그런데도 어른들은 나의 현재 삶이나 미래의 운명에는 아무런 관심이 없다. 오로지 자신들이 정한 길을 내가 걸어가 주기만 바란다. 아무런 저항도 하지 못하는 나. 그 옛날 라이카의 운명과 뭐가 다를까? 가가린이니 라이카니 하는 우주여행자들의 이름을 아빠를 통해서 알게 되었으니, 역설도 이런 역설이 없다.

오빠는 나보다 두 해 전에 대학에 갔다. 오빠는 숨 막히는 고등학교 시절을 잘 견뎌내고 자신의 소임을 마쳤다. 한국대학처럼 종합대학은 아니지만 한국대학에 버금가는, 자연계가 특성화되어 있는 대한대학에 들어간 것이다. 대한대학은 서울과 멀리 떨어진 지역에 있어 오빠는 그 학교의 기숙사에서 생활한다.

내게 오빠는 성공한 라이카다. 부모님은 걸핏하면 오빠를

박 상 률

들먹이며 나도 그러해야 한다고 했다. 오빠처럼 대학 진입에 성공해야 한다고 한다. 다만 나까지 집을 떠나버리면 집이 너무 적막해질 테니까, 내가 기숙사가 있는 먼 데 학교로 가는 건 바라지 않고 집에서 다닐 수 있는 가까운 학교를 원한다. 그래서 종점이 한국대학인 학원에 보낸다.

궤도를 제대로 돌지도 못하고 죽은 라이카. 우주 진입을 하기도 전에 죽은 라이카. 그러나 나는 진입하고 싶다. 그리고 궤도를 잘 돌고 싶다. 내가 가야 하는 곳을 종점으로 삼아.

아빠는 인자함 속에 감춰진 단호함으로 은근히 나를 압박한다.

"한 형제라 해도 아롱이다롱이 다 다르단다. 너는 오빠를 의식할 필요는 없어. 근데 이런 때 네 오빠 같으면 어떻게 했을까?"

오빠를 의식할 필요는 없다면서 오빠 같으면 어떻게 했을까, 하며 묻는다. 압박이다. 오빠가 한 집에 없는 게 다행이긴 하다. 하지만 아빠는 내가 성적이 떨어지거나, 잠을 많이 자거나, 컴퓨터를 오래 하거나 하면 어김없이 오빠를 들먹인다. 아빠의 꿈이 한때 시인이었다는 게 실감이 되지 않았다.

어쨌든 오빠는 아빠의 좋은 선례이다. 그것도 살아 있는, 성공한 선례이다. 죽지 않고 지구에 무사히 다시 돌아온 라이카! 오빠가 딱 그 짝이었다. 나는 걸핏하면 오빠에 견주어진다. 그래서 나는 선례를 잘 참고하여 더 성공해야 한다.

나는 보스토크 1호에 탄 가가린의 심정을 알 수 있다. 그는 살아 돌아오기만 해도 성공이다. 라이카가 죽었으니 모두들 그에게 더 큰 기대를 하지 않았다. 그래도 그는 불안을 떨쳐버리지 못했다. 근데 나는 살기도 해야 하지만, 그보다 더 큰 것을 보여주어야 한다. 이른바 성공을 해야 한다. 오빠보다 더 나은 성적을 보여주어야 한다.

나는 지금 대학 진학이라는 보스토크 1호를 타고 있다. 하지만 나의 미래 호는 지금 타고 있는 보스토크 1호가 아니다. 내가 탈 나의 미래 호는 나도 알 수 없다. 그런데 모두들 나의 미래 호를 자신들이 결정해주며 나더러 그냥 타고 있으라고만 한다. 근데 그냥 타고만 있으면 나도 모르는 미래가 결정될까? 학교 담임선생님이, 학원 강사가, 아니 아빠가 나와 교신을 하고 나의 고충을 들어주고 내가 무사히 미래로 갈 수 있게 해줄까? 나는 관제탑 역할을 하는 어른들을 무조건 믿고 힘없이 '파예할리'만 읊조리면 되는가?

나는 실패한 라이카가 아니다. 당연히 성공한 오빠도 아니다. 오빠가 아무리 공부를 잘했어도, 부모님이 칭찬할 정도로 잘해 좋은 대학에 무난히 들어간 오빠는 왜 군이 집을 떠나 기숙사가 있는 학교로 갔을까? 적성? 미래? 그런 것 같지 않다. 오빠는 그냥 집에서 벗어나고 싶었는지 모른다.

"해미야, 올 1년만 참아. 너도 네 우주선을 탈 날이 멀지 않았어!"

오빠는 지난 주말에 집에 왔을 때 내게 알쏭달쏭한 말을 했다. 오빠는 내 속마음을 다 알고 있다는 듯이 굴었다.

"사람은 누구나 자기에게 맞는 게 있어."

나는 오빠가 지금 전공이 자신에게 맞는 것이라고 생각했다.

"오빠는 이름에 맞는 공부를 하고 있어 좋지?"

"꼭 그렇지만은 않아……."

오빠 이름 '해룡(海龍)'은 곧잘 바다의 용으로 푼다. 오빠는 '바다의 용'이라는 이름에 걸맞게 배의 기관 같은 걸 설계하는 걸 배운다. 그렇다면 나는? 내 이름은 해미(海美)다. 바다가 예뻐? 그래서 그런지 바다에서 나는 수산물은 무어든지 좋아하고 그걸로 요리하는 걸 좋아한다. 우리 남매 모두 하늘을 나는 우주선과는 이름부터 관련이 없다. 오히려 바다 쪽에 더 친밀감을 느낀다. 물론 이름 가지고 이런 판단을 할 수는 없다. 그냥 그렇다는 것이다. 그런데 자꾸만 그럴싸한 생각이 든다.

오빠는 공부를 잘해서 집을 떠날 수 있었고, 자신의 이름에 걸맞은 전공을 찾았다. 그다지 즐거워하는 성싶지는 않지만 그 정도면 만족 못할 까닭도 없다는 표정이었다. 나는 공부보다는 요리하기를 좋아한다. 요리 가운데서도 바다에서 나는 해산물을 가지고 하는 요리를 좋아한다. 바닷고기를 저미거나 튀기거나 탕으로 끓이는 걸 다 좋아한다. 내가 생각해보아도 내가 한 요리가 맛있다.

중학교 때까지는 엄마가 시장 봐오면 생선탕이나 생선 튀김 같은 걸 내가 했다. 내가 조리를 해서 내놓으면 식구들 모두 맛 있다고 하면서 잘 먹었다. 아빠, 오빠는 물론 엄마까지도 나를 칭찬했다.

"해미가 끓인 해물탕 맛이 엄마가 끓인 것보다 훨씬 더 맛있 는데! 해물탕은 이래야지….”

아빠는 내가 끓여낸 해물탕 맛이 최고라고 했다. 아빠가 그 렇게 말해도 엄마는 싫은 표정이 아니었다.

"해미는 나중에 시집가면 음식을 잘하겠어!"

엄마는 내 음식 솜씨를 결혼하고도 결부시켰다.

그런데 고등학교에 들어가자 부모님의 태도가 싹 변했다.

"지금 해미 네가 관심 가질 것은 요리가 아니야. 요리하는 꿈은 나중에 꿔도 돼!"

아빠는 더 이상 내 해물탕 맛을 보면 소주 생각이 난다고 하 지도 않았다.

"요리 같은 건 공부하고 상관없어. 맛있는 건 식당에 가서 얼마든지 먹을 수 있어! 이젠 고등학생이야. 요리 같은 건 꿈 도 꾸지 마!"

엄마도 내 요리 솜씨를 아예 깔아뭉겠다.

　　　　　　　　／　박 상 률

다만 오빠만 살짝 이런 말을 해줄 뿐이었다.

"해미야, 네 꿈을 버리지 마. 사람은 자기 꿈을 이루면서 살아야 행복하대."

담임선생님은 꿈을 크게 꾸라고 했다. 아빠는 나중에 꾸라고 했다. 엄마는 아예 꾸지 말라고 했다. 오빠는 꿈을 버리지 말고 이루라고 했다.

내 꿈은 바다 요리는 물론 다른 요리도 맛있고 먹음직스럽게 해내는 멋진 요리사다. 그래서 고등학교에 진학할 때도 그런 걸 배울 수 있는, 요리 관련 학과가 있는 조리고나 관광고에 가려고 했다. 그러나 부모님은 물론 중3 담임선생님의 저항에 막혀 그러지 못했다.

"요리는 굳이 고등학교 전공으로 하지 않아도 돼. 어린 나이에 일부러 하지 않아도 된다는 말이야. 나중에 대학에 그런 전공으로 얼마든지 갈 수 있어."

아빠는 큰 소리를 내지 않았지만 요리를 배우기엔 내가 너무 어리다고 하면서 돌려 말했다.

엄마는 아예 내놓고 노골적으로 반대했다.

"요리 같은 건 나중에 시집갈 때 요리 학원 좀 다니면 돼! 지금은 공부할 때야!"

중3 때 담임선생님은 눈에 쌍심지를 켰다는 표현이 어떤 상황에서 생겼는지를 알게 해주려는 듯 적극적으로 반대했다.

"해미 네가 조금 성적을 올렸으면 외국어고 같은 특목고도 갈 수 있었는데, 뭐가 부족하다고 조리고 같은 특성화고를 간단 말이니? 무조건 인문계고로 가는 거야. 알았지?"

오빠는 그때 자신도 고등학생인지라 아무 말도 못하고 나를 안타까운 눈으로 바라보기만 했다. 나는 부모님과 담임선생님의 장애물에 막혀 그냥 인문계 고등학교로 진학하고 말았다. 그때 속으로는 '파예할리'를 되뇌며 될 대로 되라는 식이었다.

파예할리, 그때는 나도 아빠처럼 그냥……, 체념이었다. 포기였다.

그렇게 해서 인문계 고등학교에 진학했지만 역시나 내가 생각했던 것처럼 인문계 고등학교 생활은 재미가 하나도 없었다. 내가 가고자 하는 곳의 종점이 한국대학도 아니었고, 내 성적이 1등도 아니었다.

내 성적은 1등이 아니었지만 나도 1등으로 잘하는 것이 있긴 하다. 근데 나는 내 속의 1등을 고집하면 안 된다. 남들처럼, 다른 학생들처럼, 그냥 고등학교 시절을 죽어지내야 한다. 그냥 한국대학이 종점인 것처럼, 그냥 성적도 1등인 것처럼 자기 최면을 걸면서. 1등만을 대접하겠다는, 한국대학 가는 것만이 고등학생 전부의 목표인 것처럼 학교와 학원의 속내대로 따라줘야 한다. 1등 한 명을 위해 모두들 희생을 해야 한다. 나머지 학생들은 아무 소리 말고서 2등부터 꼴찌까지 해주어야 한다.

박 상 률

우주선을 타고 지구를 본 가가린이 '지구는 푸른 빛'이었다고 했다지. '지평선이 보인다. 하늘은 검고, 지구 둘레는 아름다운 푸른색 섬광이 둘러싸고 있다!'며 가가린이 탄성을 자아내는 모습이 그려진다. 그는 지구를 떠날 때는 몹시 불안했겠지만 막상 지구를 들여다보니 불안감보다는 아름다움이 눈에 더 들어왔을 것이다.

그렇다면 지금 내 불안의 실체는 무엇인가? 나는 지금 내 삶의 출발선에 서 있다. 가가린처럼 지구를 떠나는 일은 아니지만, 그가 지구를 떠나는 것만큼이나 나도 지금 몹시 불안하다. 그냥 이대로 견디면 나도 얼마 뒤 아름다움을 느낄 수 있을까?

가가린은 떠날 때의 불안감도 감출 만큼 아름다움을 보여주었던 푸른 지구를 두고서 나중에 의문의 죽음을 맞았다. 그 죽음의 실체야 어떻든, 그는 불안 끝에 아름다움을 보긴 했다. 내 불안 끝에도 아름다움이 기다리고 있을까?

학원에서 늦게까지 머물며 공부를 했다. 공부? 그다지 소용이 없는 공부였다. 그런 와중에도 배는 고팠다. 그러나 용돈 탄지가 여러 날이 되어서 내 주머니 사정은 그리 좋지 않다. 그래서 분식점에도 가지 못한다. 집에 돌아갈 때까지 참는 수밖에 없다. 뱃속이 아무리 절규를 해도 모른 체해야 한다. 나는 내 뱃속조차 달래주지 못한다.

학원이 끝나자 종점이 한국대학인 학원 차를 타고 집에 왔다. 다행히 학원 차는 한국대학으로 가지 않고 집에 데려다주었다. 1등인 공부 선수도 아니지만 차를 타고 있는 동안은 1등 대접을 받으며 집에 왔다.

내가 현관문의 비밀번호를 누르고 있는 사이 안에서 기척을 느낀 엄마가 듣고서 문을 열어주었다. 내 집에 들어가는 데도 비밀번호를 대는 검문을 받아야 한다. 그냥 들어갈 수 없다.

"힘들지?"

엄마가 뻔한 소리를 했다.

"조금만 더 참아. 다들 그렇게 사는 거야. 고생 끝에 낙이 온다고 하잖아! 아빠도 내 말을 듣고 직장 생활한 게 지금은 잘한 거라고 생각하시잖아. 그때 직장 가지 않고 시인이 되었으면 여러 사람 난리 났지……."

엄마가 수다스러울 정도로 나에게 관심어린 말을 쏟아주고 위로의 말을 건넸지만, 내 귀엔 하나도 들어오지 않았다. 엄마가 아빠의 시인 꿈을 막은 게 잘한 일일까? 엄마는 잘했다고 생각한다. 아빠는? 아빠의 속내는 잘 모르겠다. 툭툭 '파예할리'를 던지긴 했지만 지금도 시를 쓰고 싶은지 어쩐지는 모르겠다. 한편으론 현실에 맞추어 잘 사는 성싶기도 하다.

나는 엄마의 수다에 대해 아무런 대꾸도 하지 않은 채 내 방으로 가서 가방을 던지듯 내려놓고 바로 부엌으로 갔다. 부엌에서 냉장고 문을 여닫으며 내가 먹을 것을 찾았다. 엄마가 냉장고에 이런저런 식재를 잔뜩 쟁여놓았다.

"이 밤중에 뭐 해먹으려고?"

어느새 엄마가 곁에 와서 참견을 했다.

"나, 배고파! 점심 급식 먹고 나서 지금까지 아무것도 안 먹었단 말이야!"

내 목소리에 짜증이 잔뜩 묻어나는 걸 나도 알겠다. 엄마는 짜증 난 딸과 더 대거리를 해봐야 득볼 게 없다고 판단했는지 나를 내버려 두고 안방으로 들어갔다.

나는 찬장을 뒤져 라면을 꺼낸 뒤 냉장고에서 버섯과 계란, 아몬드, 차돌박이, 파, 오이지, 묵은지 등을 꺼냈다. 그런데 밤이라서 아무래도 간단히 먹어야 할 것 같았다. 간단히 먹기엔 라면이 최고다. 그러나 내가 누군가? 라면도 내 손을 거치면 다른 맛이 난다. 라면이 끓자 나는 국물을 따라낸 뒤 냉장고에서 꺼낸 식재료를 넣어 볶은 뒤 먹었다.

홀로 식탁에 앉아 먹는 야식. 사실은 이게 저녁 식사이지만 저녁이라고 하기엔 너무 늦다. 그리고 혼자 먹기엔 너무 아깝다. 음식은 남이 먹어주어야 맛 아닌가? 내가 만든 음식을 남이 맛있게 먹어줄 때 요리사는 진정 자신의 존재를 새삼 확인하리라. 하지만 내 음식을 먹어줄 이는 아무도 없다. 엄마 아빠는 이제 지나가는 말로도 칭찬조차 해주지 않는다. 그래서 내가 조리한 음식을 내가 먹고 내 스스로 맛을 얘기해야 한다. 맛

있다. 보통 라면에다 냉장고에 있는 이것저것 섞어서 간단히 주무른 라면. 요즘 유행하는 말로 '개 맛있다!'

아무리 생각해보아도 나는 요리 쪽으로 나가야 할 것 같다. 그렇다면 영어와 수학에 목을 매는 학교고 학원이고 다닐 필요가 없다. 요리만 잘하면 그만이다. 그렇다면……. 다시 결심을 한다. 사실 말이지 학교를 다니려면 요리학과를 다녀야 하고, 학원을 다니려면 요리학원을 다녀야 한다.

대학을 가려면 식품영양학과나 식품공학과를 가야 한다. 근데, 그런 학과 나온다고 요리를 잘할까? 내 듣기론 그런 학과를 나온 사람들도 기껏 잘하는 거라고 내세우는 게 라면 끓이는 거란다. 그것도 봉지에 적혀 있는 조리법 설명대로밖에 못한다고 한다. 그렇다면 차라리 식당을 다니는 게 나을지 모른다. 물론 호텔조리학과 같은 게 있다는 걸 모르지 않는다. 그러나 내가 대학을 갈 때 그런 학과를 가게 할까? 엄마 아빠의 태도로 볼 때 어림도 없다.

나는 이쯤해서 결론을 내려야 한다고 느꼈다. 언제까지나 우물쭈물하며 시간을 허비하고 있을 수는 없다. 오빠와 달리 나는 성적 올리는 공부만 조용히 하고 있을 애가 아니다. 나는 머리보다는 손을 쓰는 게 더 즐겁다. 그리고 음식 맛은 손끝에서 나온다고 하지 않던가. 내 손끝에 음식을 맛있게 하는 뭔가 있는 것 같다. '자뻑'일까? 아니다. 중학교 때까지도 어떤 재료든 주물럭거려 내놓으면 식구들 모두 맛있다고 했지 않은가. 학교에서도 무슨 캠프를 할 때 식사 준비는 내가 했지 않은가? 다른 아이들은 음식 솜씨가 별로다. 먹기는 잘 먹지만 만드는 건 별로다. 그래서 그냥 바라보기만 한다. 어쩌면 음식 만든다고 설치지 않고 옆에서 바라만 보고 가만히 있어 주는 게 도와주는 일인지도 모른다. 근데 나는 먹는 것도 좋지만 만드는 게 더 좋고, 남이 그걸 맛있게 먹어주면 더 좋다.

　내 방에 다시 들어왔지만 잠이 오지 않았다. 고등학교도 더 이상 다닐 필요가 없는 것 같았다. 아직도 1년을 더 견뎌야 한다. 차라리 그 1년 동안 요리학원에 다니며 실습을 하는 게 더 나을지 모른다.

　나는 연습장을 북 찢어 부모님께 드리는 편지를 썼다. 초등학교 때 어버이날 형식적인 편지를 쓴 뒤로 부모님께 편지를 써보기는 처음이다.

　사랑하는 엄마 아빠

　한 줄을 쓰고 나자 막힌다. 더 이상 쓸 말이 없다. 그래도 써야 한다. 나는 연습장 종이를 바라보며 편지 쓰기가 요리하는 것보다 더 어려운 걸 실감하며 책상 앞에 억지로 앉아 있으면서 편지를 썼다.

사랑하는 엄마 아빠

그간 저를 키워주신 점 무척 고맙게 여깁니다

다름이 아니라

더 늦기 전에 제 장래와 관련된 말씀을 드려야 할 것 같아서

편지를 씁니다

입으로 '사랑하는 엄마 아빠'라는 말을 했으면 손발이 다 오그라졌을 것이다. 그러나 글은 그렇지 않았다. 엄마 아빠의 바람과는 다른 이야기를 쓰는데도 '사랑하는 엄마 아빠'라는 말이 전혀 어색하지 않았다. 나도 엄마 아빠가 나를 위해주는 줄 안다. 그래서 나도 엄마 아빠를 사랑한다! 하지만, 하지만…….

어렵게 엄마 아빠한테 보내는 편지를 쓰고 내친김에 오빠한테도 편지를 썼다. 오빠한테는 '오빠의 사랑하는 동생 해미가'라고 끝을 맺었다. 손발이 전혀 오글거리지 않았다. 기왕 결심을 한 김에 담임선생님께 드리는 편지도 썼다. 담임선생님께는 내 결심을 이해해달라고 했다. 물론 담임선생님은 내 결심을 이해하지 못할 것이다. 그러나 형식적으로나마 그렇게 쓰고 싶었다. 그리고 마지막으로 내게 주는 편지를 썼다. 어쩌면 나의 다짐 글인지도 몰랐다.

내 다짐을 적은 글 끝엔 '파예할리'를 굵고 진하게 적어 넣었

　　　　　　　　　　　　　　　　　　　　박 상 률

다. 가슴이 떨렸다. 떨림은 나의 손끝에서도 느껴졌다.

　파예할리.

　내일부터 나는 1등이 있는 학교로 가지 않고, 한국대학이
종점인 학원에도 가지 않을 것이다. 내가 가야 하는 곳, 그곳
으로 나는 간다. 그러나 마지못해 가는 게 아니라 내 발로 스
스로 간다.
　그래 가자…….
　날아라, 해미야. 날아라!

∴ 작가의 말

파예할리(그래 가자)…….

옛 소련의 우주비행사 가가린이 어찌할 수 없을 때 체념하듯 내뱉은 말이다. 그런데 이 말은 가가린뿐만 아니라 우리나라의 요즘 10대들에게도 들어맞는 말이다. 그러나 이 말은 받아들이기에 따라 정반대의 뜻을 지니고 있다. 오빠 해룡처럼 소극적인 저항을 하는 이들에겐 자신의 운명이나 현실 상황에 순응적인 행동을 할 때 쓰는 말이다. 하지만 동생인 해미는 이 말을 적극적으로 받아들인다. 해미에게 '그래 가자'라는 말은 자신의 운명을 스스로 개척하는 데에 쓸 수 있는 말이다. 그래서 해미는 자신이 잘할 수 있는 일을 하려고 한다. 고등학생들이 모두 해미처럼 행동할 수는 없다. 하지만 해미의 용기(?)는 많은 학생들의 박수를 받을 것이다. 해미는 가가린이 우주여행을 떠나기 전 읊조린 노래 '날아라, 비둘기야. 날아라!'에 빗대어 '날아라, 해미야. 날아라!'라고 외친다. 해미의 새 출발은 가가린의 '우주여행'에 맞먹는 것이다.

박상률

청소년문학 대표 작가들의 여섯 빛깔 이야기

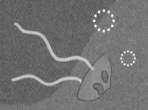

분장

박현숙

박현숙

2006년 <대전일보> 신춘문예 당선으로 작가가 되었다. 제1회 살림어린이문학상 대상을 수상했다. 아이들과 이야기하는 것을 가장 즐거워하고 소중히 한다. 지은 책으로 『구미호 식당』, 『6만 시간』, 『Mr. 박을 찾아주세요』, 『수상한 시리즈』, 『어느 날 가족이 되었습니다』, 『마음을 배달해 드립니다』 등이 있다.

검은 하늘로 주황색 빛이 그어졌다. 곧이어 세상을 집어삼킬 듯 천둥이 치고 빗소리가 거세졌다. 잠은 이미 저만큼 달아나 있었다. 아니, 저녁 무렵 가랑비가 흩날릴 때부터 내일 걱정은 더 커졌고 잠자는 거를 일찌감치 포기했었다. 거기에다 이상한 문자까지 온 터였다.

나는 머리맡에 있던 휴대폰을 집어 들고 문자를 다시 한번 읽어봤다.

– 오현진, 함께라면 덜 무서울 거 같아.

수십 번을 다시 봐도 누가 보낸 문자인지 알 수가 없었다. 내 이름을 정확히 쓴 걸 보면 잘못 보낸 문자라고 말할 수도 없었다. 그렇다고 해서 문자를 보낸 번호로 전화를 해서 확인하고 싶은 생각은 없었다. 내 휴대폰에 저장되어 있지 않은 낯선 번호인 걸 봐서는 지금까지 나와 별 상관없이 지낸 사이일 거다. 나에 대해 새로운 것을 알게 된 사람일까? 그게 무섭고 두려웠다.

잠이 든 것은 새벽이 다 되어서였다. 휴대폰을 도로 머리맡에 던져놨던 시간이 3시 10분, 그러고도 한참을 뒤척였으니까 어림잡아 4시쯤 잠이 든 거 같았다.

엄마는 정확하게 6시 30분에 깨웠다. 잠에서 깨자마자 창문을 열었다. 비는 여전히 내리고 있었다.

고양이 세수를 하고 난 다음 영어 과외선생님과 10분 동안 전화로 영어회화 복습을 했다. 머릿속이 어수선해서 단어가 자꾸 헷갈렸다.

"오늘 왜 그래?"

영어 선생님이 물었다. 잠을 못 자서요, 잠을 왜 못 잤어? 저녁에 커피를 마셨거든요, 숙제가 많은데 너무 졸려서요, 핑계를 대면서 창문을 때리며 떨어지는 빗물을 바라봤다. 제발 그쳤으면 좋겠다. 혀가 꼬일 정도로 잠을 못 자면 하루를 어떻게 보내려고 그래? 저녁에 커피 마시지 마, 다정한 축에 속하는 영어 선생님은 내 걱정을 해주며 전화를 끊었다.

식탁 앞에 앉아 김이 모락모락 올라오는 국그릇을 멍하니 바라봤다. 뿌연 기체는 최면의 힘을 가지고 있었다. 모락모락

　　　　　　　　　　　　　　　　　　　박 현 숙

올라오는 김을 한참 바라보자 팽팽했던 긴장감이 사르르 풀리며 눈꺼풀이 저절로 감겼다.

"밤늦게까지 공부한 거니? 그러다 몸 상해. 중학생인데 뭘 그리 서둘러? 천천히 해, 천천히. 어차피 공부는 평생 해야 하는 거야."

나는 아빠 목소리에 눈을 번쩍 떴다.

"공부한 게 아니라 천둥번개에 비가 쏟아지는 바람에 또 잠을……."

무심코 아빠 말에 대꾸하던 할머니가 놀라서 엄마 눈치를 보며 말을 멈췄다. 엄마와 눈이 마주친 할머니는 요즘 왜 이렇게 입맛이 없나, 보약이라도 한 재 해 먹어야 하나, 나는 오늘 아침밥은 패스다, 이러면서 슬그머니 일어나 주방에서 나갔다.

"어제 수학학원 선생님이랑 상담했어. 요즘 현진이 네가 공부에 흥미가 떨어지는 거 같다면서 걱정을 많이 하셨어. 정신 차려."

엄마는 정신 차리라는 말에 유독 힘을 주었다.

"어이구야. 이보세요, 황이화 씨. 공부에 흥미가 있어서 하는 사람이 어디 있어? 해야 하는 거니까 하는 거지. 하다가 좀 지치기도 하고 다시 또 기운이 나기도 하는 거지, 기계도 아닌데 어떻게 똑같이 하나? 그리고 공부가 세상의 전부도 아닌데 아침부터 밥상 앞에서 그런 말 하고 싶어? 제발 애 좀 볶지 마.

현진이 얼굴이 햇볕이라고는 구경도 못해 본 식물처럼 누렇게 떴네."

아빠가 엄마를 힐끗 보며 말했다.

"공부가 세상의 전부가 아니면 세상의 전부는 뭐야?"

주방 안에 찼던 공기가 엄마 목소리에 눌려 한순간 아래로 가라앉는 느낌이었다.

"응?"

"현진이한테 세상의 전부는 뭐냐고?"

"그야 뭐……. 여러 가지가 있을 수 있겠지. 허허허 아침밥을 먹으면서 받는 질문치고는 어려운 질문이군. 난이도 별 다섯 개야, 다섯 개. 허허허."

아빠는 웃음으로 때우려고 했다. 아빠는 나의 비밀을 모른다. 할머니가 아빠에게 알리는 거를 적극 말렸다. 아빠가 알게되면 일이 걷잡을 수 없이 커진다고 말이다.

"현진이는 학생이야, 학생. 학생에게 있어서 공부는 세상의 전부야. 알았어?"

엄마는 꼭꼭 씹듯이 정확한 발음으로 말한 다음 숟가락을 집어 들었다. 엄마는 밥을 먹으며 학생에게 있어서 공부가 세상의 전부인 이유를 쉬지 않고 말했다. 적어도 십 분 넘게 열변을 토한 엄마의 말을 종합해서 간추려 요약하면 할 말 하며 사람답게 살기 위해서는 어느 정도 위치에 올라가야 하고 그 위

박현숙

치에 올라가기 위해서는 공부를 잘해야 한다고 했다. 멀리 볼 것도 없이 날이면 날마다 텔레비전에 나오는 정치인들의 프로필을 보면 대부분이 명문대 출신이며 출신학교는 죽을 때까지 따라다니는 꼬리표와 같다고 했다. 사람에게 있어서 공부는 그다지 중요하지 않다고 외치는 소리는 그저 뜬구름을 잡는 소리라고도 했다.

예전부터 엄마는 공부예찬론자였다. 그런데 그 일이 있은 이후 엄마는 공부만이 모든 것을 해결해준다는 말에 더 힘을 주었다. 세상을 흔들 수 있는 위치에 올라야 하고 싶은 말을 할 수 있고 사람들도 그런 사람들의 말을 들어준다고 말이다. 엄마는 억울함을 푸는 방법은 그거밖에 없다고 했다.

엄마는 끝내 내가 잠을 못 잤던 이유에 대해 묻지 않았다. 알면서도 아는 체하지 않았다. 비가 저렇게 쏟아지고 있는데 모를 리 없다. 그걸 묻는 대신 공부를 강조했다.

나도 안다. 엄마는 할 수 있는 만큼 다했다. 엄마는 갑자기 나에게 닥친 일에 분노하며 엄마 친구인 변호사를 찾아가 의논했다. 하지만 모든 것이 속 시원히 해결되지는 않았다.

엄마는 여러 날 밤을 새워가며 나와 이야기를 나누려고 노력했고 나는 엄마 손을 잡고 심리치료를 받으러 다니기도 했다. 심리치료를 받으며 어느 정도 위로를 받았고 마음의 안정을 찾기도 했다. 하지만 심리치료라는 것이 마음을 온전히 제

자리로 보내주지는 못했다. 치료가 끝났지만 마음속에는 작은 덩어리 하나가 남아 있었다. 그 덩어리는 내 마음속을 떠돌아다니며 찌르기도 하고 꼬집기도 하며 생채기를 남겼다. 생채기는 순간순간 통증을 일으켰다.

"현진아, 이리 와봐. 어여."

가방을 메고 나오는데 할머니가 주방 쪽을 힐끗거리며 내 손을 잡아끌었다.

"이거 단숨에 마셔. 코 잡고 단숨에."

할머니가 내민 컵에는 검은 액체가 출렁거리고 있었다.

"보약이다. 내가 아는 한의원에서 지어온 건데 기를 보충하는 데는 최고라더라. 네가 자꾸 쓸데없는 생각에 얽매여 있는 것이 기가 약해져서 그런 거다. 별거 아니다, 훌훌 털어버려."

할머니 말을 듣는 순간 피가 맺혀 있는 생채기가 꼬집히는 기분이었다. 쓸데없는 거라니. 별거 아니라니. 내 마음속 생채기를 그렇게 표현하다니. 하긴 할머니는 처음부터 그랬다.

"어쩌겠어. 할 수 없지. 그래도 큰일은 안 당했으니 그쯤에서 다행이다 생각해야지. 돌아보면 그런 일 숱하게 있어. 공연히 소문나면 현진이만 더 괴로워. 소문이라는 것이 없었던 일까지 덧붙이는 법이거든."

이러면서 말이다. 쉬쉬하는 것이 나를 지키는 길이라고도 했다.

박 현 숙

"됐어요. 할머니 마셔요."

나는 컵을 뿌리치고 집에서 나왔다.

비는 여전히 내리고 있었다.

큰길을 피해 상가 뒤쪽으로 걸어갔다. 이쪽 길로 학교에 가면 10분 정도 더 걸린다. 하지만 10분이 아니라 100분, 아니 1000분이 더 걸리더라도 이 길로 가야 했다. 그 일이 있고 나서 나는 큰길로 다니는 것을 멈췄다. 큰길로 가면 그 간판이 정면으로 보인다. 흰 바탕에 빨간 글씨의 그 간판을 보면 정신이 아득해지면서 발바닥부터 스멀거리는 기운이 올라오고 그 기운은 순식간에 온몸을 감싼다. 뭐라고 표현할 수 없는 기분 나쁜 기운이었다. 비가 내리는 날에는 그 기운이 수십 배 더 강하게 느껴진다. 그날은 천둥번개를 동반한 비가 쏟아졌었다.

교실로 들어가자마자 카드를 꺼냈다. 내가 만든 별 카드다. 별이 하나 그려진 카드부터 열 개가 그려진 카드까지 총 열 장이었다. 비가 내리는 날이면 이 카드로 오늘의 운세를 본다. 별 카드 운세는 내가 창시자다. 별 하나가 그려진 카드를 집으면 평범한 운세로 나쁜 일은 피해 간다. 별 두 개는 약간 조심하면 되는 운세다. 크게 걱정하지 않아도 된다. 별 세 개는 별 두 개보다는 조금 더 안 좋은 운세다. 더 조심해야 한다. 별 네 개는 절대 집어 들어서는 안 되는 카드다. 완전하게 재수 없는 최악의 카드다. 나머지 별 다섯 개부터 별 열 개까지는 운수대통이다. 나쁜 일은 절대 일어나지 않는 카드다. 따지고 보면 나쁜 운을 피해 가고 싶은 내 마음을 담아 만든 카드다. 별 세 개 카드와 별 네 개 카드만 집지 않으면 마음이 평온해진다. 8대2의 확률이므로 별 세 개와 별 네 개를 집을 확률은 높지 않다.

'제발, 제발.'

나는 카드를 책상 위에 엎어놓고 마구 헝클어뜨린 다음 심호흡을 한 뒤 천천히 손을 내밀었다. 가슴이 심하게 요동을 쳤다. 제발 오늘 아무 일도 일어나지 않기를, 무사히 잘 지나가기를, 나는 카드 한 장을 집어 든 다음 눈을 질끈 감았다 떴다.

'미치겠네.'

별이 네 개였다. 숨이 턱 막혀왔다. 어서 와. 저주의 늪에 당첨! 별 네 개가 번쩍이며 이렇게 말하는 거 같았다.

"이거 뭐야?"

그때 한서랑이 다가왔다.

"아, 아, 아무것도 아니야."

나는 서둘러 카드를 쓸어 모았다.

"아니긴 뭐가 아니야? 카드 점치는 거니? 그럼 나도 좀 봐줘. 오늘의 운세가 어떨지."

"오늘의 운세?"

한서랑 말을 들은 아이들이 순식간에 몰려들었다. 오현진, 너 그런 것도 할 줄 아냐, 어제 내가 학원을 안 갔는데 오늘 엄마한테 어떤 일을 당하게 될지 좀 봐줘라, 혼자 좋아하던 아이가 있는데 그 아이가 오늘 좀 보자고 하는데 무슨 일인지 좀 점 쳐줘라. 너도나도 앞다퉈 카드를 집으려고 난리였다. 혹시 나쁜 일을 미리 방지하는 방책은 없느냐고 묻는 아이도 있었다. 아이들의 뜨거운 입김에 더욱 더 숨이 막혀왔다. 내가 할 수 있는 말은 그런 게 아니라는 말뿐이었다. 그래도 아이들은 통하지 않았다. 나는 신경질적으로 카드를 가방에 쑤셔 넣었다. 그러다 카드 한 장이 교실 바닥에 떨어졌다. 별 네 개 카드였다. 이 순간 별 네 개 카드를 다시 보다니! 절망적이었다.

그때 가늘고 긴 손가락이 별 네 개 카드를 집어 내 가방에 넣어주었다. 천경이었다. 천경이는 카드를 넣어주고는 아무 말 없이 자기 자리로 돌아갔다.

차라리 천둥번개가 치고 벼락이 떨어졌으면 좋겠다. 위험하니 외출을 자제하라는 재난문자가 떴으면 좋겠다. 그렇게 되면 오늘 예정되어 있는 진로탐색을 위한 체험학습은 취소될 수도 있다. 하지만 원망스럽게도 그런 일은 일어나지 않고 비만 죽죽 내릴 뿐이었다.

"오후에 3학년 1반과 2반 진로탐색을 위한 체험학습 가는 거 알지? 급식 먹은 다음 바로 병원으로 출발할 거야. 다들 체육복으로 갈아입고 가는 거 잊지 말고."

4교시 국어 수업을 마친 담임선생님이 말했다. 나는 나도 모르게 손을 번쩍 들었다.

"선생님. 저는 의사나 간호사가 되고 싶은 생각은 전혀 없어요. 병원에서 일하고 싶은 생각도 없고 119 구급대원이 되고 싶지도 않고 의료시설이 미비한 오지 같은 곳에 가서 봉사활동 같은 거를 하고 싶은 생각도 없거든요. 그러니까 오늘 체험학습에서 빠지면 안 될까요? 두 달 전에도 똑같은 체험학습을 했는데 굳이 또 하지 않아도 될 거 같고요."

"야, 오현진, 그걸 말이라고 하니? 누군 뭐 의사나 간호사가 되고 싶어서 체험학습에 가는 줄 아냐? 수업의 연장이니까 가는 거지. 그 뭐냐, 며칠 전에 용감한 시민이 위급한 상황에 처한 사람을 심폐소생술을 해서 살려냈다잖아. 그래서 응급처치법의 중요성을 방송마다 떠들어대고 말이야. 그러니까 그 중요한 걸 제대로 배우려고 가는 거지. 공부도 잘하는 애가 그걸 몰라서 묻냐?"

"거기 안 가고 뭐 하려고?"

"뭐 하긴 뭐해? 보나마나 그 시간에 기말고사 대비 공부하려고 그러는 거겠지."

"오현진, 너만 기말고사가 중요하냐?"

"혼자 공부하겠다는 거는 말이 안 되지. 그건 공평하지 않지."

아이들이 앞다퉈 한마디씩 했다.

"전원 다 가야 해."

　　　　　　　　　　박 현 숙

담임은 잘라 말했다.

점심을 먹는 둥 마는 둥 급식실에서 나왔다. 오늘 체험학습을 가는 병원은 버스로 한 정거장 거리에 있는 병원이었다.

교문을 나와 버스정류장으로 가면서 두 달 전 체험학습을 갔던 날을 떠올렸다. 심폐소생술을 배우며 다른 아이의 피부가 손가락 끝에 닿았을 때 머리부터 발끝까지 온몸이 얼음처럼 굳어졌고 굳었던 몸이 제대로 돌아오기까지 꽤 긴 시간이 필요했다. 그 시간 동안 몸은 굳었어도 정신은 또렷했는데 이 상태로 영영 몸이 풀리지 않으면 어쩌나, 죽으면 어쩌나 하는 공포와 두려움으로 떨었었다. 그 경험을 또 하고 싶지 않았다. 거기에다 오늘은 비가 내리고 별 네 개인 카드를 뽑았다.

"우산 좀 같이 쓰면 안 돼? 내 거 고장 났나 봐. 안 펴져."

버스에서 내려 우산을 펴는데 천경이가 다가오며 말했다. 허스키한 목소리였다. 천경이는 학기 초에 전학을 왔는데, 말이 없는 아이다. 천경이 목소리를 제대로 들은 것은 오늘이 처음이었다. 나는 천경이에게 우산을 씌워주었다.

"현진아, 혹시 분장해본 적 있어?"

아무 말 없이 타박타박 걷던 천경이가 병원 입구에 도착했을 때 물었다. 나는 고개를 저었다. 분장이라면 연극을 할 때 배우들이 하는 거 아닌가? 천경이는 더 말하지 않고 나를 가만히 쳐다만 봤다.

진한 병원 냄새에 머리가 아팠다. 습기와 섞인 알코올 냄새
는 더 진하고 더 무거웠다. 나는 진저리를 쳤다.

"오늘은 심폐소생술과 함께 자동심장충격기 사용법을 익혀
보도록 하겠습니다."

병원 관계자의 안내로 병원 강당으로 갔다. 1차로 마네킹으
로 심폐소생술 연습을 했다.

"다음은 두 명이 번갈아가면서 환자가 되고 심폐소생술 시
행자가 되어보도록 하겠습니다."

드디어 올 것이 왔다.

손가락으로 전해지는 마네킹의 딱딱한 감촉은 그런대로 참
을 수 있었다. 하지만 한서랑이 나를 반듯하게 눕히려고 내 목
에 손을 댔을 때 나는 소스라치게 놀라 한서랑 손을 힘껏 뿌리
쳤다. 나도 모르게 비명을 지르면서 말이다.

"왜 이래?"

한서랑은 어이없어했다.

"기분 나빠 죽겠네. 내 손에 똥이라도 묻은 줄 아니? 아까 별
카드 때문에 복수하는 거야?"

한서랑은 엉뚱한 말을 하며 따지고 들었다. 나는 아무 말도
할 수 없었다.

"다시 한번 해보자."

체험학습을 도와주는 간호사가 말했다.

박현숙

"못하겠어요."

"왜? 둘이 싸웠니? 그럼 짝을 바꿔서 해볼까?"

등줄기를 타고 식은땀이 흘렀다. 나는 대답 대신 제자리에 쪼그리고 앉았다.

"어디가 아픈 모양이구나. 진료 받아볼래?"

간호사가 물었다. 심폐소생술을 계속 하느니 아프다는 핑계를 대는 게 나을 거 같았다. 나는 고개를 끄덕였다.

"어디가 아파?"

"속이 별로 안 좋아요. 토할 거 같고요."

나는 간호사를 따라 강당에서 나왔다. 진료실로 가면서 의사가 여자인지 남자인지 물었다. 여의사라고 했다. 그나마 다행이었다.

의사는 아침과 점심에 뭘 먹었느냐고 물었다. 나는 아무래도 점심 때 제육볶음을 너무 빨리 먹어 탈이 난 거 같다고 말했다.

나는 약을 처방받아 먹고 아이들이 체험학습을 하는 동안 대기실 소파에 앉아 텔레비전을 바라봤다. 화면에는 여러 마리 새들이 있었다. 땅을 딛고 서서 머뭇거리던 새들이 한순간 날개를 펴고 날아올랐다.

"인공부화기에서 태어나 50일이 지난 검은머리갈매기가 오늘 방사되었습니다. 검은머리갈매기는 멸종 위기의 새로, 알을 둥지에 놔둘 경우 너구리나 까치 같은 포식자들의 먹이가 될

수 있어 구조하여 인공부화를 한 것입니다. 방사에 앞서 검은
머리갈매기들은 비행 훈련과 먹이 사냥 그리고 기존 야생갈매
기를 알아보고 함께 어울리는 훈련을 받았습니다."

리포터가 설명했다. 리포터는 방사된 검은머리갈매기의 행
운을 빌어주기도 했다. 리포터는 한껏 들뜬 목소리였다.

'너구리는 날지 못해 다행이다.'

나는 마음속으로 이렇게 생각했다. 너구리가 날 수 있을 경우
부화한 갈매기가 무사할 수 있다고 단정 지을 수는 없을 거다.

병원에서 나왔을 때도 비는 여전히 내리고 있었다.

"라면 먹고 갈래?"

천경이가 물었다.

"아니……."

아까 아이들이 보는 앞에서 속이 안 좋고 토할 거 같다고 했
었다. 그 말을 천경이도 들었을 거다. 그런데 속이 안 좋고 토
할 거 같아 진료를 받고 약 먹은 사람에게 라면을 먹자니. 물론
그런 일이 없었다고 하더라도 천경이와 마주앉아 라면을 먹고
싶은 생각은 없다.

"내가 배가 무지하게 고프거든. 하지만 혼자 먹기는 좀 그래
서 그래. 같이 좀 먹어줘라."

천경이의 허스키한 목소리 끝으로 간절함이 배어났다. 진짜

박현숙

배가 고픈 모양이었다.

천경이를 따라 병원 건너편 쇼핑센터 안에 있는 분식집으로 갔다. 라면 두 개와 김밥 한 줄을 시켰다.

"오늘 학원가니?"

천경이가 나무젓가락을 잘라 비비며 물었다.

"학원 안 가면 옷 구경할래? 대폭 세일한다는데."

"옷 사는 거 좋아해?"

의외였다.

나는 천경이에게 별로 관심이 없었다. 하지만 관심이 없는 내 눈에도 천경이의 교복치마는 늘 거슬렀다. 다른 아이들은 치마를 더 짧게 고쳐 입지 못해 안달인데 천경이 교복치마는 치렁치렁할 정도로 길었다. 천경이는 키가 크고 다리가 길었다. 그래서 교복치마는 더 길어 보였다.

"아니, 뭐. 옷 사는 거 좋아한다기보다는……."

"학원가야 해."

나는 무슨 말인가 할 듯 말 듯 입안에 물고 어물거리는 천경이를 보며 잘라 말했다. 할 일 없이 쇼핑센터를 돌아다니고 싶지 않았다.

"그렇구나……."

천경이 얼굴이 아쉬운 빛이 스치고 지나갔다.

"그런데 아까 했던 말 말이야."

"응?"

"분장해봤느냐고 물었었잖아. 너 연극 같은 거 해?"

"아니, 그건 아니고……."

그때 라면이 나왔다. 고소하고 매콤한 라면 냄새가 코 안으로 밀고 들어오는 순간 머리카락 끝까지 곤두서 있던 알 수 없는 긴장감이 녹았다. 나는 킁킁거리며 라면 냄새를 맡았다.

"일단 먹자."

천경이가 말했다. 그때였다.

"오현진."

누군가 내 어깨를 쳤다. 얼굴을 확인하는 순간 나는 너무 놀라 심장이 멎는 줄 알았다. 진욱이었다.

"오현진, 너 어떻게 된 거야? 왜 전화번호 바꿨어? 그런 줄도 모르고 문자 열나게 보냈었잖아. 하도 답 문자가 안와서 전화해봤더니 다른 사람이 받더라고. 이야, 이렇게 만나다니, 진짜 반갑다."

진욱이가 나한테 문자를 보냈었다고? 거기에다 전화까지 했었다고? 나는 진욱이의 말이 믿어지지 않았다. 가슴이 터질 듯 뛰었다. 내 심장소리를 진욱이가 들으면 어쩌나 걱정이 될 정도였다. 나는 진욱이가 눈치채지 못하게 심호흡을 하며 가슴을 진정시키려고 노력했다. 하지만 소용없었다. 그러면 그럴수록 가슴은 더 뛰었다.

진욱이는 나와 같은 초등학교를 다녔다. 진욱이는 얼짱에다 공부며 노래, 운동까지 못하는 게 없는 아이였다. 그래서 인기도 많았다. 아침이면 여자아이들이 진욱이 사물함에 간식을 넣어주느라고 난리였다. 사물함이 꽉 차서 사물함 문이 저절로 열리는 바람에 온갖 간식들이 교실 바닥으로 나뒹구는 날도 많았다. 나도 진욱이를 좋아했다. 하지만 나는 사물함에 빵이며 사탕, 초콜릿 같은 간식을 집어넣는 유치한 짓은 하지 않았다. 대신 캐릭터 연필이나 지우개, 스티커, 카드를 넣었다. 우정과 사랑의 여신인 스잔 캐릭터였다. 조금 비싸기는 했지만 진욱이 관심을 받기 위해서라면 그 돈이 전혀 아깝지 않았다. 물론 선물에 내 이름을 쓰는 촌스러운 짓도 하지 않았다. 누구일까 궁금해하며 나를 찾아낼 진욱이를 생각하면 설레기도 하고 기대도 되었다. 하지만 졸업을 할 때까지 진욱이는 스잔 캐릭터를 갖다 바치던 아이가 나라는 것을 알아내지 못했다.

내가 여중으로 오면서 진욱이와는 완전히 헤어지는 듯했다. 그런데 뜻밖의 행운이 나를 찾아왔다. 학원에서 진욱이를 만난 거다. 중학생이 되고 나서 진욱이는 더 멋져졌고 인기는 그야말로 하늘을 찔렀다. 진욱이는 감히 스잔 캐릭터 따위로 관심을 얻을 만큼 호락호락한 존재가 아니었다. 나는 서서히 진욱이를 포기했다.

나는 그 일이 있기 전까지 진욱이와 같은 학원을 계속 다녔다.

"왜 갑자기 학원을 바꾼 거야? 어느 학원으로 갔는데? 좋은 곳이야? 어디야?"

진욱이는 여러 가지를 한꺼번에 물으며 내 옆자리에 앉았다. 진욱이에게서 아기로션 냄새가 났다. 풋풋한 사과 향과 레몬 향이 섞인 아기로션 냄새. 진욱에게서는 초등학교 때도 이 냄새가 났었다.

"그냥 집 가까운 곳으로 옮겼어. 다니기 힘들어서."

"그랬구나? 현진이 니네 집 파란아파트지? 우리집은 경호아파트야. 파란아파트에서 멀지 않아. 그러고 보니 네가 다니는 학원이 우리 집에서도 가깝겠다. 나도 이참에 학원 옮길까? 우리 엄마도 한 곳에 너무 오래 다니니까 정체가 되는 거 같다고 말씀하시거든. 와, 라면 맛있겠다. 아줌마, 여기 라면 하나 더 주세요."

진욱이는 라면을 시키며 침을 꿀꺽 삼켰다.

"좀 먹어보자."

갑자기 진욱이가 내 앞으로 손을 불쑥 내밀었다. 그러고는 내 젓가락을 잡았다.

"아악!"

진욱이 손이 내 손을 스치고 진욱이 팔뚝이 내 팔뚝을 스치고 지나가는 바로 그 순간이었다. 나는 소스라치게 놀라며 비명을 질렀다. 비명 소리에 진욱이가 움찔했다. 하지만 비명 소

박 현 숙

리에 더 놀라고 당황한 것은 바로 나였다.

"미안해."

진욱이가 사과했다.

"아, 아, 아니 내, 내가……."

놀라게 해서 도리어 내가 미안하다는 말을 하려고 하는데 눈물이 왈칵 쏟아졌다.

"현진아, 진짜 미안하다. 나는 네가 그렇게 배가 고픈 줄 몰랐어. 뺏어 먹으려고 해서 미안하다. 나는 내 거 나오면 먹을게."

"아니, 그, 그……."

"괜찮아. 나도 이해해. 나도 우리 형한테 많이 당했었거든. 학원 갔다 와서 라면 끓여 먹으려고 하면 꼭 뺏어 먹거든. 분명 끓이기 전에 먹을 거냐고, 먹을 거면 두 개 끓인다고 물어보거든. 그런데 그때는 안 먹는다고 말해놓고 뺏어 먹어. 배고픈데 누가 옆에서 그러면 진짜 짜증 나."

그때 진욱이 라면이 나왔다.

후루룩 쩝쩝. 진욱이는 코까지 훌쩍이며 라면을 먹었다. 배가 많이 고팠던 모양이었다. 진욱이를 힐끗 보다 눈이 마주쳤다. 진욱이가 웃었다. 내가 라면을 빼앗기기 싫어서 비명을 지른 줄로 확실히 믿는 표정이었다. 다행이다 싶으면서도 창피했다.

"문자할게."

진욱이는 라면을 다 먹고 내 전화번호를 저장하면서 말했다. 말로 표현할 수 없는 불안함이 머리를 스치고 지나갔다. 과연 나는 진욱이 문자에 답장할 수 있을까? 어쩌면 진욱이와는 오늘이 마지막이 될지도 모른다는 생각이었다.

"괜찮게 생겼네."

진욱이가 가고 나서 천경이가 말했다.

"진욱이 저 아이가 현진이 너 좋아하는 거 같다."

천경이가 한마디 더 했다. 그 말을 듣는데 생채기가 쑤시고 따가웠다.

"뭐 물어봐도 돼?"

천경이가 내 눈을 빤히 바라봤다.

"라면을 지키려고 비명을 질렀던 거 아니지?"

"뭐? 무슨 말이야?"

가슴 한쪽이 서늘해졌다.

"진욱이 손이 네 손에 닿았을 때 말이야."

"가자. 학원가야 해."

나는 자리를 털고 일어났다.

"라면 지키려고 했던 거 맞아. 그렇지 않으면 내가 왜 비명을 질렀겠어? 내가 보기와는 다르게 먹을 거에 굉장히 민감하거든. 세상에서 가장 멍청한 사람은 자기가 먹을 것을 남에게 빼앗기는 사람이라고 믿기도 하고."

나는 천경이와 헤어지며 분명히 말했다.

집으로 돌아와 이불을 뒤집어쓰고 누웠다. 하필이면 오늘 진욱이를 만날 게 뭐람. 비가 내리지 않는 날 만났더라면 오늘처럼 엉망이 되지는 않았을 거다. 별 네 개 카드를 집지 않은 날 만났더라면 적어도 오늘보다는 훨씬 나았을 텐데.

"저녁 먹고 자."

엄마가 깨웠다. 나는 자는 척했다.

"저녁 먹고 자라니까."

"그냥 둬라. 피곤한 모양인데."

할머니가 엄마를 말렸다.

"현진이 먹이려고 일부러 삼계탕 했는데."

"저녁에 못 먹으면 내일 먹으면 되는 거지. 자게 두고 나와라."

"진짜 속상해요."

엄마가 방에서 나가며 문을 닫았다. 방문이 닫혀도 두런두런 할머니와 엄마 목소리가 계속 들렸다. 나는 자리를 박차고 일어나 문에 귀를 댔다.

"시간이 지나면 괜찮아진다니까."

"괜찮아지지 않으면 어떻게 해요? 어디에 하소연할 데도 없고, 아휴. 답답해."

엄마는 금방이라도 울음을 터뜨릴 거 같은 목소리였다. 의외였다. 내 앞에서는 얼음처럼 차갑게 냉정함을 유지하는 엄마였다. 할머니는 계속 엄마를 위로했다.

분장   119

"그놈을 신사적이고 유능하며 사람 좋다고 전 국민이 다 그렇게 알고 있다면서? 나도 방송에 나와 떠드는 걸 몇 번 봤는디 아주 말을 잘하더고만. 공연히 증거도 없이 건드렸다가는 도리어 우리가 더 큰 피해를 입는다면서? 참자, 참아. 참지 않으면 별 도리도 없고. 별거 아니라니께."

"어머니나 저나 별거 아니라고 생각해도 말이에요, 그깟 손 한 번 잡힌 거 별거 아니라고 여겨도 말이에요. 현진이는 아닐 수 있잖아요. 똑같이 덜 익은 고기를 먹어도 누구는 아무렇지도 않고 또 누구는 배탈이 나요. 다른 누군가는 그거 때문에 병을 얻어 목숨을 잃기도 하고요. 같은 음식도 누군가에게는 약이 되기도 하지만 누군가에는 독이 되기도 하고요. 같은 일도 사람마다 다르게 받아들여지는 거예요. 제가 중심을 잡고 흐트러지지 않는 모습을 보여야 할 거 같아 냉정해지려고 노력하지만 정말 아슬아슬해요. 언제 떠내려갈지 모르는 나무다리를 건너고 있는 거 같다고요."

곧 엄마가 흐느끼는 소리가 들렸다. 나는 침대로 돌아와 이불을 뒤집어썼다.

얼마나 시간이 지났을까. 까무룩 잠이 들었던 나는 꿈을 꾸다 놀라서 눈을 번쩍 떴다. 꿈속에 그 간판이 나타났다. 흰 바탕에 빨간 글씨의 간판. 눈앞에 또렷하게 떠오르는 간판을 지우려고 몸을 뒤척이는데 띵동! 문자가 왔다. 진욱이었다.

　　　　　　　　　　　박 현 숙

－ 오늘 라면 뺏어 먹으려고 해서 미안! ㅎㅎ 사과하는 뜻으로 내가 이번 토요일에 라면 사줄게.

문자를 읽는데 얼굴이 달아오르며 가슴이 쿵쾅거렸다. 초등학교 때부터 기다리고 기다리던 순간이었다. 매일 두 손 모아 고대하고 고대하던 바로 그 순간이었다.

－ 무슨 라면 좋아해? 나는 어묵을 넣은 라면이 맛있더라.

－ 만두를 넣은 라면도 맛있긴 해.

－ 어묵라면도 먹고 만두라면도 먹자. 나는 현진이 너랑 먹고 싶은 라면이 많아.

진욱이는 계속 문자를 보냈다. 꼭 진욱이 목소리가 들리는 거 같았다.

－ 생라면이라도 상관없어.

문자를 쓰는데 피식 웃음이 나왔다. 진욱이와 라면도 먹고 함께하고 싶은 일이 참 많았다.

나는 문자를 쓰고 보내기를 누르려다 멈칫했다. 아까 분식집에서의 일이 떠올랐다. 입안에 침이 바짝 말랐다.

'진욱이를 만나면……'

진욱이를 만나면 자연스럽게 손을 잡게 될 거다. 그러면 나도 모르게 또 그런 반응을 할지 모른다. 아니 백 퍼센트 할 거다.

나는 휴대폰을 만지작거리며 어둠이 내리는 창밖을 바라봤다. 아직도 비는 죽죽 내리고 있었다.

그때 또 문자가 왔다. 뭐라고 대답해야 하지? 바빠서 만날 시간이 없다고 할까? 아니면 진욱이에게 관심 없으니까 신경 끄라고 해야 하나? 그 생각을 하자 콧날이 시큰해졌다. 내가 아닌 가짜 나를 진욱이에게 보여주어야 하다니. 누군가에게 나를 도둑맞은 느낌이었다.

'하지만 어쩔 수 없잖아.'

나는 눈물을 꿀꺽 삼키며 나를 다독였다.

답 문자를 보내려고 마음을 굳게 먹고 휴대폰을 봤다. 조금 전 온 문자는 진욱이 문자가 아니었다.

− 너랑 함께라면 덜 무서울 거 같아.

또 그 문자였다. 무시하려다 멈칫했다. 나와 뭘 함께하고 싶다는 말일까? 어떤 일이기에 나와 함께하면 덜 무서울 거 같다

박 현 숙

고 하는 걸까. 갑자기 그게 궁금해졌다.

– 무슨 일인데?

나는 문자를 보냈다.
내가 문자를 보내고 나서 휴대폰은 조용했다. 그러자 그 일
이 무슨 일인지 더 궁금해졌다.

– K. D 병원.

한참 후에 문자가 왔다. 문자를 확인하는데 목 안에서 뜨거
운 기체가 넘어왔다. 나는 숨을 쉴 수가 없어 캑캑댔다. K. D
병원의 간판이 눈앞에 커다랗게 떠올랐다. 빨간 글씨가 유독
더 빨갛게 보였다. 빨간 글씨가 액체가 되어 뚝뚝 떨어졌다.
그날은 천둥번개를 동반한 비가 내렸고 생리 둘째 날이라
생리 양도 많았다. 의자에서 일어났을 때 흰 의자가 붉은 빛으
로 물들어 있었다. 그때 내 손목을 잡았던 그 의사는 그 의자를
보며 웃었었다.
'누구지?'
누군지 모르지만 내 비밀을 알고 있는 게 확실했다. 두려움
에 몸이 폭발할 거 같았다.

"어, 어, 엄마!"

나는 휘청거리며 일어나 소리쳤다.

"드르르륵 드르르르륵 드르르르륵."

휴대폰이 울렸다. 문자를 보냈던 바로 그 번호였다. 나는 휴대폰을 침대 위로 던져버렸다.

"현진이 일어났니? 왜 그렇게 엄마를 크게 불러?"

엄마가 문을 벌컥 열었다.

"전화 온 거 같은데 안 받아?"

엄마가 휴대폰을 집어 내 앞으로 내밀었다. 나는 어쩔 수 없이 휴대폰을 받아들었다. 안 받으면 엄마가 이상하게 생각할 거다. 그리고 꼬치꼬치 이유를 물을 거다. 그러면 그 병원 이야기를 꺼내야 한다. 엄마를 속상하게 만들고 싶지 않았다.

"여, 여, 여보세요."

"오현진……. 나야."

많이 듣던 목소리다. 하지만 누구인지 잘 생각이 나지 않았다.

"나, 천경이."

"천경이?"

"누구니?"

엄마가 물었다.

"내 친구. 같은 반이야."

"그래, 그럼 통화하고 나와서 저녁 먹어."

엄마가 방에서 나갔다.

"어떻게 알았어? 얼마나 알고 있어? 그리고 뭘 함께하자는 거야?"

천경이는 말이 없었다. 얼마 동안 전화기 저편은 조용했다. 한참 후 천경이 목소리가 들려왔다. 나는 천경이 말을 중간에 끊지 않았다. 끊을 수가 없었다.

천경이 말은 이랬다. 이사를 온 천경이는 기침 때문에 병원에 갔다. 예전부터 방송 예능프로에 종종 나오기도 했던 의사가 이 동네에 있다는 말을 듣고 일부러 그 병원을 찾아갔다고 했다. 소문대로 의사는 친절했고 다정했다. 다른 이의 속마음을 꺼내는 데도 탁월한 재주가 있었다. 천경이는 자기 집안이 천식이 유전이라는 말을 하며 자기도 모르게 엄마가 없고 아빠와 단둘이 살고 있다는 집안 사정까지 말했단다. 의사는 이제 사춘기인데 엄마가 안 계시면 참으로 힘든 일이 많겠다면서 천경이를 위로했단다. 그러면서 천경이 다리를 만졌다고 했다. 다리가 참 길구나! 그날 천경이는 집으로 돌아와 짧은 치마를 다 버렸다고 했다. 모든 것이 다 짧은 치마 탓인 거 같다면서 말이다. 아빠에게는 한마디도 못했다고 했다. 그전에도 천경이 아빠는 천경이에게 치마를 너무 짧게 고쳐 입지 말라고 말했다고 했다. 나는 유난히 길고 치렁치렁한 천경이 교복 치마를 떠올렸다.

"하지만 치마를 길게 입는다고 해서, 다리를 감춘다고 해서 그날 받았던 그 느낌이 사라지는 거는 아니었어. 그리고 어느 순간 치마가 문제가 아니라는 걸 알게 되었어. 내 잘못도 아니야. 그게 잘못된 거라면 우리 학교에 다니는 아이들 모두가 지금 잘못을 하고 있는 거잖아. 잘못은 한 사람은 그 의사야."

천경이 말을 듣는데 눈물이 쏟아졌다.

"내가 이사 오고 나서 기침이 심해서 병원에 갔을 때 너와 니네 엄마를 봤어. 니네 엄마가 혼잣말하는 것도 들었었어. 그때는 별 생각 없이 듣고 잊어버렸었어. 그런데 두 달 전에 체험 학습을 갔을 때 네가 보여준 행동이 나와 비슷하다는 생각을 했어. 그때 너를 처음 병원에서 봤었던 기억을 떠올린 거야. 너는 이대로 계속 살 수 있어?"

천경이가 물었다. 그럴 수 없을 거 같다. 그럴 수 없을 거 같다는 생각은 시간이 지날수록 더 강해지고 있다. 하지만 뾰족한 방법이 없다.

"나는 그날 이후로 한 번도 마음 놓고 웃어본 적이 없어. 나는 그 의사에게 내 웃음을 도둑맞은 거야."

천경이도 나와 비슷한 생각을 하고 있었다.

"하지만 방법이 없다고 했어. 우리 엄마는 할 수 있는 거를 다 해봤거든."

"너는?"

"응?"

"니네 엄마는 할 수 있는 거를 다 해봤다고 하는데 너는 뭘 해봤어? 니네 엄마가 의사에게 쫓아가 따질 때 너는 밖에 앉아 있었지?"

그건 천경이 말이 맞다. 하지만 다들 내가 그 의사와 정면으로 마주보는 거를 반대했었다. 그러면 내가 더 상처를 입을 수 있다고 말이다. 나 역시도 그 의사와 마주보고 싶은 생각은 없었다.

"나는 그 의사에게 내 마음이 어떤지를 보여주고 싶어. 지금 내 마음은 엉망진창이거든. 이 마음을 꽁꽁 감춰 두고는 숨이 막혀 살 수가 없을 거 같아."

마음은 눈으로 볼 수 없는 거다. 고체도 아니며 액체도 아니고 한순간 모습을 드러냈다 사라지는 기체도 아니다. 그걸 어떻게 보여준다는 건지 알 수가 없었다.

"그런데 솔직히 혼자서는 무서워. 그래서 너에게 도움을 청했던 거야. 하지만 도움을 청하면서도 망설여졌어. 네 생각이 어떤지 모르니까. 그런데 아까 분식집에서 확실한 거를 알게 되었어. 현진이 너도 웃고 싶지?"

나는 천경이 말에 고개를 끄덕였다. 천경이 말대로 웃으면서 진욱이와 라면을 먹고 싶다.

"내가 이 학교로 전학 오기 전에 연극 동아리에서 활동했거든. 마음을 분장으로 나타내는 거야. 어떤 색으로 어떻게 표현될지는 시작하기 전에는 나도 잘 모르겠어. 얼굴을 온통 검은색으로 칠할 수도 있겠고 괴물의 모습으로 만들 수도 있겠지. 이번 토요일에 그 병원 앞에서 만나. 내가 분장 도구를 가지고 갈 테니까 병원 화장실에서 분장을 한 다음 의사 앞에 나타나자. 그리고 말하는 거야. 우리 마음이 지금 이렇다고."

나는 천경이 말을 들으며 얼굴을 온통 빨간색으로 칠한 내 모습을 떠올렸다.

"분장으로 분장된 얼굴을 지우는 거야."

천경이가 한마디 더 했다. 천경이 말이 알 듯 말 듯 어려웠다.

"너랑 나랑은 아무렇지도 않은 얼굴을 하려고 애쓰잖아. 마음을 감추려고 분장하고 말이야. 그걸 이번 토요일에 확 지우자고."

나와 천경이는 토요일 오전에 K. D 병원 앞에서 만나기로 했다. 그리고 오후에는 진욱이를 만나 라면을 먹을 계획이다. 문득 하늘을 향해 힘차게 날아오르던 생후 50일 검은머리갈매기가 떠올랐다. 열여섯 살 내가 어쩐지 그 검은머리갈매기와 같다는 생각이 들었다.

박현숙

∴ 작가의 말

　어느 날 돌아보니 불평등에 꽤 익숙해져 있는 내가 보였다. 잘 맞는 옷을 입은 양 편안한 척하는 모습도 보였다. 감출 수 없는 것은 두껍게 분장한 얼굴이었다. 얼굴 세포가 숨을 쉴 수 없을 정도로 짙은 분장, 가짜인 것이 들통나지 않으려고 애쓴 흔적! 그 안에 있는 퇴색한 진짜 내 모습을 봤다. 점점 퇴색하여 생명을 잃어가는 진짜 모습과 마주하는 순간 정신이 번쩍 들었다. 이러다 내 자신을 영영 잃어버릴 거 같았다. 짙은 분장을 긁어내고 내 마음의 색을 칠해 본다. 있는 그대로의 내 마음을 드러내다보면 내가 원하는 세상과 마주하게 될 것이다. 그런 마음에서 쓴 글이다. 지금 이 순간, 가짜 분장을 하고 있을, 한없이 웅크리고 있을 또 다른 현진이, 천경이에게 이 이야기를 들려주고 싶다.

박현숙

청소년문학 대표 작가들의 여섯 빛깔 이야기

마카롱 굽는 시간

손현주

손현주

2008년 <국제신문> 신춘문예에 단편소설이 당선되어 작가가 되었다. 2009년 <문학사상>에서 단편소설로 신인상을 수상했다. 2010년 평사리문학대상을 수상하였으며, 제1회 문학동네 청소년문학상을 수상했다. 지은 책으로 『싸가지 생존기』, 『불량 가족 레시피』, 『소년, 황금버스를 타다』, 『헤라클레스를 훔치다』 등이 있다.

지금은 새벽 두 시, 이제야 겨우 수학 과외가 끝이 났다. 아빠는 대치동 학원 앞에 차를 대고 쪽잠을 자고 있을 게 분명하다. 엄마는 대치동에서 유명한 수학 과외 선생님을 내게 붙였다. 이곳엔 교습소처럼 1인 맞춤 과외 선생님들이 많다. 새벽까지 과외를 하고 나왔지만 사실 머릿속이 멍한 상태다. 이번 중간고사 성적과 모의고사 성적이 떨어진 이후 엄마는 집 근처도 아닌 이 강남까지 유명하다는 수학 선생님을 찾아 아빠의 차에 태워 일주일에 세 번씩 이곳으로 오고 있다. 말이 쉬워 세 번이지 올 때마다 죽을 맛이다. 학원 문을 열고 나오자마자 아빠의 검은 승용차가 눈에 보였다. 차창 가까이 다가가자 아빠가 의자를 뒤로 젖힌 채 눈을 감고 있다. 아빠는 일주일에 세 번 새벽까지 나를 기다리는 일이 일상이 되어버렸다. 아빠의 죄는 머리 나쁜 딸을 둔 것이다. 나는 차의 앞 유리문을 두드리며 아빠를 깨웠다. 아빠는 힘겹게 눈을 뜨며 일어나 차 밖으로 나왔다.

"배고프지. 우동이라도 먹고 갈까?"

나는 고개를 끄덕였다. 아빠와 나는 학원 근처의 24시간 우동 집으로 들어갔다. 이 우동집은 우리의 단골이다. 우동을 주문하면 1분도 안 되어 테이블 위에 놓인다. 그래서 이 집이 좋은 거다. 아빠와 나는 김이 모락모락 나는 우동을 먹으며 긴장을 풀었다.

"이번 추석에 할머니 집에 가려는데 너도 갈래?"

"싫어."

나는 일언지하에 거절을 했다.

"할머니가 기다릴 거야. 그래도 명절인데……."

아빠가 말끝을 흐렸다.

"엄마도 안 가는데 너까지 안 가면 되겠니?"

"준영이랑 가면 되겠네."

"할머니 댁에 안 간다는 이유가 뭐니?"

"이유 같은 건 없어. 그냥 가기 싫어."

"엄마 때문이니?"

나는 아빠의 물음에 아무 말을 하지 않았다. 엄마 때문이든 아니든 그게 중요한 게 아니다. 아빠가 집요하게 물어보는데 짜증이 확 일어났다.

손현주

나는 젓가락을 내려놓고 자리에서 일어났다.

"먼저 나갈게. 머리가 너무 아파서."

아빠는 우동을 입에 넣은 채 멍하니 나를 바라보았다.

우동집 문을 열자 밤바람이 콧속으로 들어왔다. 도로 가에는 끊어지지 않은 소음들로 가득했다. 어두운 밤이지만 불빛으로 인해 낮보다 더 밝은 느낌이었다. 새벽 두 시가 넘은 이 시간에 나는 잠들지 못하고 왜 이 거리에 서 있어야 하는지 이해할 수 없을 때가 종종 많았다.

엄마는 얼마 전부터 친할머니와의 왕래를 끊었다. 명절 때에도 가지 않는다. 할머니와 왕래가 끊어진 이후부터 엄마는 나에 대한 기대와 집착이 더 심해졌다. 나를 명문대에 꼭 보내겠다는 의지를 불태웠다. 그게 할머니와 무슨 상관인지 처음에는 알지 못했다.

엄마는 3대 종손에다 외며느리로 시집을 왔다. 엄마와 아빠는 대학교 캠퍼스 커플이었다. 처음에 엄마는 종손 며느리의 무게를 잘 몰랐다. 결혼 이야기가 오고갔을 때 할머니는 궁합만 맞으면 아빠의 결혼에 반대할 생각이 없다고 했다. 그러나 할머니는 결혼 전 엄마와 아빠의 궁합을 보고 둘은 상극이라는 말을 들은 후 결혼을 극구 반대했다. 그러나 결국 자식 이기는 부모 없다고 아빠는 결국 엄마와 결혼을 하고 말았다. 엄마와 아빠는 궁합 따위는 믿지도 않았고 보란 듯이 잘 지냈다. 그러나 엄마가 연이어 딸만 둘을 낳는 바람에 엄마와 할머니 사이에 조금씩 틈이 벌어지더니 작년부터 왕래를 끊어버렸다.

아빠가 우동집에서 나온 뒤 30여 분을 차로 달리는 동안 나는 잠시 차에서 졸았다. 잠시 후 아빠가 집에 도착했다며 나를 깨웠다. 새벽 세 시가 다 되어갔다. 차에서 내리자 아파트 2층 우리 집에 불이 켜 있는 게 보였다. 엄마가 잠도 안 자고 나를 기다리고 있는 게 분명했다.

우리 집 현관문을 열자 엄마가 내 책가방부터 잡아끌며 가방을 뒤졌다. 엄마가 기다린 건 내가 아니라 가방 속에 있는 꼬리표였다. 엄마는 꼬리표가 나오는 날이면 언제나 이런 식이었다. 엄마는 내 꼬리표를 꺼내 물끄러미 바라보다 한숨을 내뱉었다. 그리고 힘없이 말했다.

"이래 가지고 원하는 대학 가겠니?"

나는 엄마 손에 든 꼬리표를 휙 하고 뺏어 다시 가방 속에 구겨 넣었다.

"내가 원하는 대학이 아니라 엄마가 원하는 대학 아냐?"

"너 그 대학 안 가면 엄마 죽을지도 몰라."

"죽을지도 모른다는 사람은 죽지 않아."

엄마는 내 말에 기가 막힌 듯 한참을 쩨려보았다. 나는 그런 엄마를 무시하고 내 방으로 들어왔다. 방 안에 들어온 지 열아홉 시간 만이다. 방 안은 어두웠다. 나는 다섯 시간 뒤에는 다시 이 방에서 나가야 한다. 어두운 방에 불도 켜지 않은 채 나는 자리에 그대로 침대에 쓰러졌다.

휴대폰 알람 소리에 눈을 떴다. 등교 시간을 알리는 알람이다. 어젯밤 교복도 벗지 않고 쓰러져 다시 옷을 입을 갈아입을 필요가 없었다. 방에서 나와 욕실로 가서 고양이 세수를 하고 밥도 먹지 않은 채 집을 나섰다.

우리 집에서 학교까지는 걸어서 20분이다. 학교로 가는 길에는 작은 가게들이 올망졸망 거리를 메우고 있는데 늘 개업과 폐업을 반복하는 탓에 새로 오픈된 가게들을 눈요기로 보는 재미가 쏠쏠하다. 며칠 전부터 리뉴얼 공사를 하던 가게 앞에서 나는 발걸음을 멈췄다. 통유리로 다가가 보니 디저트 카페였다. 입간판에 마카롱과 젤라또의 사진이 걸려 있었다. 나는 그 사진들을 보면서 가슴이 두근거렸다. 마카롱의 다양한 색감은 당장이라도 먹고 싶게 만들었다. 쫀쫀하면서 윤기 나는 머랭의 그 맛은 내가 좋아하는 맛이다.

중학교 2학년 때부터 파티시에의 꿈을 키워 나갔다. 나만의 개성적인 빵을 만들고 싶었다. 파티시에는 단순한 빵이 아닌 케이크나 파이, 쿠키를 만들어 멋과 맛을 살리는 일을 한다. 우리나라에도 곧 후식 문화가 자리를 잡을 거라는 생각이 오래전부터 들었다. 가정시간에 빵도 만들어보고 쿠키도 구워보면서 자연스레 후식 문화에 관련된 전공에 눈을 돌리게 되었다. 나는 엄마에게 일본에 있는 제과 학교에 보내달라고 졸랐다. 대학 등록금 대신 그 학교로 유학을 가고 싶다고 생각을 말했으나 엄마는 단호했다.

"너 그 일이 얼마나 고된 줄 알아? 엄마가 너 때문에 제빵사들을 여러 명 만나봤지만 모두들 여자는 힘들어서 할 수 없다고 말리더라. 너처럼 체력도 없는 애가 무슨 빵이야?"

"무슨 빵 만드는 데 남자 여자야!"

엄마는 내가 제과제빵을 전공하고 싶다고 하자 온갖 부정적인 말들로 내 꿈을 짓밟았다. 나는 눈만 뜨면 엄마에게 허락을 구했지만 소용없는 일이었다. 고등학교에 진학한 후에도 미련이 남았다. 여전히 베이커리 매장을 보면 심장이 두근거리며 설렜다. 그리고 맛있다고 소문난 빵집을 종종 찾아가 빵의 식감을 느껴보기도 하고 재료를 살피기도 했다. 그리고 엄마의 말이 틀렸다는 사실도 알게 되었다. 실제로 유명한 베이커리 매장의 파티시에들은 여자가 꽤 많았다.

교실로 들어서자 최고연희가 나를 보며 손을 흔들었다. 연희는 내 짝이다. 새학기 때 무테안경을 끼고 하얀 이를 드러내며 웃는 이 친구가 내 짝이라는 게 마음에 쏙 들었다.

"이름이 뭐니?"

"최고연희!"

"난 예준성이야. 근데 너 이름이 특이하다."

"엄마 아빠 성을 둘 다 쓰거든. 그런 너는 남자 이름이라 좋 겠다. 난 내 이름이 중성적이거나 남성적이었으면 좋겠어."

연희는 내 이름에 무척 호감을 갖고 있었다. 사실 내 이름이 남자 이름인 게 궁금할 때가 있어 엄마에게 내 이름은 왜 남자 이름이야? 하고 물은 적이 있었다. 엄마는 그 질문에 대해 그 냥 여자에게 남자 이름을 지어주는 게 그때는 유행이었다고 했 다. 하지만 난 내 이름에 불만이 없다. 오히려 여자애들 사이에 서는 부러움과 선망의 대상이 되기도 했다. 더구나 남자아이들 도 내 이름을 보고 함부로 대하지 않았다. 그리고 남자아이들 처럼 개구쟁이 행세를 했던 어린 시절이 있었다. 내 이름이 주 는 특별함이 자랑스럽기까지 했다.

연희는 현재 나와 같은 제과제빵 동아리 활동을 한다.

"오늘 학교 오는 길에 보니까 마카롱 가게 오픈했더라."

등굣길에 보았던 마카롱 가게가 생각나 연희에게 말했다.

"어제 벌써 사 먹었어."

"벌써? 빠르네. 어때?"

"맛이 아주 달지도 않고 쫀쫀한 맛이 괜찮았어. 그 가게 주 인이 프랑스에 가서 1년 동안 일하면서 배웠대. 프랑스 맛 제 대로야."

연희도 나처럼 빵에 관심이 많은 친구라 이야기가 잘 통했다.

"나 엄마랑 진로 이야기가 끝났어."

"정말? 그럼 프랑스로 유학 가는 거야?"

"응, 이번 겨울쯤 갈 것 같아."

연희는 1학년 마치는 대로 프랑스에 있는 제과 학교에 유학 갈 생각을 굳혔다.

"너희 엄마 너무 멋지시다."

"엄마는 내가 하고 싶은 걸 하면서 살아야 후회가 없다고 했어. 그리고 내가 만든 케이크 먹어보고 싶대."

"잘됐네."

나는 연희의 유학 결정에 대해 부러우면서도 한편으로 마음이 혼란스러웠다. 그래서 축하한다는 말도 못하고 말았다.

엄마는 어려서부터 내가 하고 싶은 것보다 엄마가 가르치고 싶은 걸 우선으로 시켰다. 엄마의 교육열은 첫딸인 내게 유독 더 심했다.

"넌 나같이 되면 안 돼. 아들보다 요즘은 딸들이 더 잘되는 세상이야. 엄마는 딸이 둘이나 돼서 얼마나 좋은지 몰라."

엄마는 내게 그런 말을 자주 했다. 엄마는 아들 있는 엄마 부럽지 않다고 늘 입버릇처럼 말했다. 그러나 그 말은 때로는 아들이 없어 스스로 만든 자위의 말이 아닌가 싶을 때가 있었다. 진짜 만족한다면 '딸이라서', '아들이라서'라는 말이 필요 없을 것 같았다. 엄마는 큰딸인 내게 큰 기대를 걸고 있었다. 난 그 기대가 부담스럽고 싫다. 기대는 엄마가 내게 하는 게 아니라 내가 엄마에게 주어야 하는데 엄마는 점점 허들을 높여 왔다. 나는 엄마가 정해둔 허들을 넘을 수도, 넘고 싶은 생각도 없다. 아직 나에게는 확실한 미래에 대한 계획도 없다. 그저 엄마가 하라는 입시공부를 하고 있을 뿐이다. 나는 종종 생각한다. 도대체 누구 때문에 이 공부를 하는 것인지. 더구나 엄마는 무조건 이과를 진학해야 한다며 진로를 맘대로 결정했다. 솔직히 나는 수학을 아주 싫어한다. 더구나 이과는 수학과 과학에 흥미가 있어야 하는데 둘 다 흥미가 없다. 그러다 보니 엄마의 마음은 더 급해지고 나는 흥미 없는 수학과 과학에 매달리다 보니 성적이 도무지 나오지 않았다.

수업시간 내내 연희 때문인지 기운이 쭉 빠졌다. 연희에게는 잘된 일이지만 왠지 나는 마음이 갑갑해 미칠 지경이었다. 늦더위에 태풍이 겹쳐 눅눅하고 우중충한 하루였다. 나는 과학 시간에 선생님이 하는 말이 귀에 들어오지 않았다. 날씨만큼이나 마음이 무거웠다.

집에 와서 내 방 서랍 속에 고이 넣어두었던 일본의 유명 제과제빵 학교 관련 팸플릿들을 꺼냈다. 나도 연희처럼 이 학교에 진학할 수 있다면 지금처럼 무기력하지는 않을 텐데 하는 생각이 들었다. 수학과 과학에 들어가는 돈이 너무 아까웠다. 사실 일대일 과외를 해도 그 과목에 관심이 없어 집중도 안 되고 머리만 아프다. 그 돈과 등록금을 모으면 충분히 일본 제과

제빵 학교에 다닐 수 있다. 나는 어차피 엄마가 원하는 대학을 가기는 틀렸다.

그때 방문이 열리더니 엄마가 들어왔다. 엄마는 동생을 발레 학원에 데려다주고 다시 집에 온 모양이었다. 엄마는 내 손에 들린 팸플릿을 보더니 갑자기 손으로 낚아챘다.

"너 어쩌려고 이래? 아직도 이런 거 보면서 정신 딴 데 파는 거니? 그런 거야?"

엄마는 팸플릿을 내가 보는 앞에서 짝짝 찢어 바닥에 내동댕이쳤다.

"내가 너한테 말했지! 이런 거는 나중에 대학 가서 취미로 해도 늦지 않다고!"

엄마는 늘 자기식대로 단정하고 나보다 더 나에 대해 안다는 식으로 말했다.

"난 어차피 이과 체질 아냐!"

나는 바닥에 털썩 주저앉아 엄마가 찢어버린 팸플릿을 하나하나 주웠다.

"너 왜 그리 고집이 세? 다 널 위한 건데 왜 엄마 마음을 몰라?"

"날 위한 거라고? 날 위한다는 게 뭔데. 엄마 말 잘 듣는 기계 같은 인간 되는 거? 엄마는 날 위한 거라고 하지만 난 아닌 거 다 알아! 왜 거짓말해? 이게 다 엄마 때문이잖아. 할머니한

손 현 주

테 지기 싫어서!"

"네가 안다면 다행이네. 그런 거 알면서 이런 식으로 행동하니?"

"내가 싫은 걸 어쩌라는 거야!"

"누군 좋아서 이러는 줄 알아? 다 하기 싫은 걸 사람들은 할 수 없이 하는 거야! 왜 줄 알아? 살아내야 하니까. 이 세상에서 자기 하고 싶은 것만 하고 사는 사람들 몇이나 된다고 보니? 엄마도 너한테 악역 맡고 싶지 않아. 누군 전업주부로 살고 싶은 줄 알아? 내 새끼 남의 손에 안 키우려다 보니 내 일도 포기해야 했어, 넌 포기하라는 게 아니잖아. 그 정도는 너도 엄마를 위해 희생할 줄 알아야 하는 거 아냐!"

엄마는 그 말을 하고 방을 나가버렸다. 나는 저런 엄마의 태도를 감당하기가 점점 힘들었다. 나는 항상 누군가의 언저리를 배회하며 살아야 하는 건지 모르겠다. 내 인생의 주인은 난데 내가 할 수 있는 결정이 없다.

추석날 아침 일찍 아빠 차를 타고 구의동 친할머니 집으로 향했다. 사실 가고 싶어서 간 게 아니라 추석 연휴 스페셜 강의를 들으러 대치동까지 가는 게 싫어 아빠를 따라나선 거였다. 아빠는 우리가 따라나선 게 무척 신이 난 거 같아 보였다. 구의동까지 가는 길이 그다지 마음이 편하진 않았다. 할머니와 엄마의 불편한 관계 때문에 나까지 중압감으로 짓눌리고 있었다. 구의동 할머니 집만의 분위기를 알기 때문이다. 종손 며느리였던 할머니는 한 달에 두 번 제사를 지내는 전통을 잘 따르고 집안 대소사를 챙기며 범접할 수 없는 아우라가 있는 분이셨다.

구의동 할머니 집에 들어서자 뭔가 알 수 없는 압력이 머리를 짓눌렀다. 나와 동생은 할머니와 할아버지께 인사를 드리고 차례상 차리는 걸 도왔다. 이 일은 엄마가 와서 해야 할 일인데 나와 동생이 도맡아 하게 되었다. 친척 분들의 눈초리도 다 며느리가 와서 할 일을 대신 딸들이 하고 있다는 투로 수군거리는 듯했다. 여자들이 음식을 준비하느라 부엌에 모여 있었고 아빠와 할아버지, 먼 친척 남자 분들은 안방에서 차례상을 기다리고 계셨다.

아빠는 안방에 병풍을 치고 차례상을 놓았다. 상 위에는 촛대와 신위가 가운데 놓이고 제기에 담긴 삼색 나물과 조기찜, 사과, 배 등 다양한 차례 음식이 올려졌다. 할아버지는 붓으로 지방을 쓰고 계셨다. 아빠는 상 위에 놓이는 음식의 순서를 정확히 몰라 여러 번 위치를 바꿔 놓기도 했다. 차례 준비가 끝나고 아빠와 할아버지 친척 분이 모여 차례를 지냈다. 아버지랑 할아버지가 한복을 차려입고 절을 했고 술을 따르며 음복을 했다. 여자들은 방 입구에서 그 모습을 서서 지켜만 보고 방 안에는 들어가지 않았다. 나는 여자들만 음식을 준비하고 차례는 남자들만 지내는 모습이 너무 이상해 보였다. 중학교 때 역사 선생님께서 조선 중기까지만 해도 여자들이 차례를 지내고 절도 했다는 말씀을 하신 기억이 났다.

차례가 끝난 후 가족 모두 차례상에 앉아 밥을 먹었다. 엄마가 빠진 추석 명절은 즐겁지 않았다. 집에서는 아옹다옹 엄마와 다툼이 끊이지 않아도 밖에 나와서는 그래도 엄마가 없는 것보다 같이 있는 게 낫다. 엄마가 없으니 쓸데없는 관심이 내게 몰리는 느낌이 불편했다. 할머니가 내 앞에 갈비찜을 놔주었다.

"그래, 준성이는 성적 좀 나오니? 요즘 여자들도 공대 정도는 거뜬히 가더라. 할머니가 준성이 공부만 잘하면 대학원까지는 학비 대줄 수 있는데……."

할머니가 내게 공대 운운하는 모양새는 엄마나 다를 바 없었다. 대학원까지 보내줄 요량이면 일본 제과 학교 유학비는 충분히 나올 수 있을 텐데……. 할머니에게 제과 학교 이야기를 꺼낼까 잠시 망설이다 이내 그 생각을 접었다. 이 자리에서 할 이야기는 아니었다. 이번에는 할아버지가 준영이에게 물었다.

"준영이는 발레한다며. 여자가 발레하면 몸매 관리도 되고 여성스러워 좋지. 나중에 할아버지가 좋은 신랑감 소개하기도 좋고, 요즘 남녀 구분 없이 일한다고 하지만 여자가 똑똑하면 남자 기나 죽이지. 뭐든지 여자 남자 역할이 따로 있는 법이야."

할아버지는 할머니와는 또 다른 말을 하였다. 도대체 어떤 게 좋다는 건지 이해할 수 없었다. 요즘 내 생각을 물어보는 사람이 하나 없다는 게 외로웠다. 모두 내가 아닌데 자신들의 생각만 하면서, 내 편이 되어주는 사람은 한 명도 없다.

상을 물리고 나와 동생은 고모를 도와 설거지를 했다.

"너희가 엄마 대신에 애를 많이 쓰는구나."

고모는 우리를 보며 말했다.

"엄마가 할머니를 이기려고 해봤자 안 돼. 여자는 시집오면 시댁 사람인데 엄마가 져야지 할 수 있나."

"그럼 고모는 추석날 왜 시댁에 안 가고 여기 와 계세요?"

나는 고모에게 궁금했던 걸 물었다.

"나? 나는 외며느리가 아니잖아. 내 밑으로 동서가 둘이나 있어. 그리고 우리 시댁은 명절을 미리 모여서 밥 먹는 걸로 정했어. 그리고 명절 연휴는 자유야. 여행을 가도 되고 쉬어도 되고. 그게 합리적이잖아. 직장인들이 1년에 일주일 가까이 쉴 수 있는 게 딱 명절 두 번이야. 그래서 우리가 그렇게 결정했어."

"그럼 우리도 그렇게 하면 되겠네요."

"우린 상황이 다르고."

나는 고모의 논리에 화가 나기 시작했다. 나는 설거지통 안에 들어 있는 밥그릇을 탕탕거리며 씻었다. 화풀이 대상이 설거지 그릇이 되고 말았다. 고모의 말은 논리도 없고 합리적이

손현주

지 않다. 편파적이기까지 하다. 자신의 시댁은 그래도 되고 우리는 안 된다는 개똥 같은 논리다.

고모는 내 말에 화가 난 것을 눈치챘는지 설거지를 그만두고 식혜를 어른들 방에 가져다드리라고 했다. 나는 쟁반에 식혜 그릇을 받쳐 들고 어른들이 계시는 안방으로 갔다. 마침 방문이 살짝 열려 있어 안에서 하는 말들이 밖으로 들려왔다.

"그래, 준성 어미는 끝까지 고집부리는 거냐?"

"어머니, 지금 갑자기 늦둥이를 낳으라 하시면 애 엄마가 말을 듣겠어요. 나이가 몇인데요."

"요즘은 늦은 나이에 애만 잘 낳더라. 이제 마흔셋인데 아직 괜찮아. 지금 첫애 낳는 사람들도 있는데 뭐."

"그래도 싫다잖아요."

"그러니까 이게 다 내 말 안 들은 탓이야. 내가 저 준성이 이름 지을 때 얼마나 신중히 했니? 그 유명하다는 작명가 찾아가서 아들 낳는 이름 지어 달라고 해서 준성이라고 지은 거 아니야. 그랬으면 둘째 준영이는 딸인지 아들인지 구별해서 낳았어야지. 하여간 미련해서, 너로 인해 대가 끊기면 누가 제사는 모시며 차례를 지낼 거야."

"요즘 딸들도 다 해요."

"쟤네들은 결혼하면 호적 파서 남의 식구 되는데 뭘……."

할머니는 단호하게 말했다. 나는 방에서 나는 할머니의 말에 갑자기 손이 벌벌 떨리며 쟁반을 놓칠 것만 같았다.

"너 여기서 뭐 해? 아직도 식혜 안 드렸어?"

고모가 문 앞에 서 있는 나를 보자 쟁반을 받아 들고 방문을 열었다. 나는 얼음 땡 놀이를 하는 사람 마냥 그 자리에 서서 멍하니 할머니와 아빠를 바라보았다.

"준성이 너 혹시 우리 말 엿들은 거니? 왜 그래?"

할머니는 당혹스러운 표정을 지으며 말했다. 그리고 나머지 식구들은 서로 곁눈질을 하며 서로의 눈치만 보았다.

"내 이름이 아들 낳기 위한 이름이었어요? 그리고 준영이가 딸인 거 알면 지우려고 했냐고요!"

나는 떨리는 목소리로 소리를 질렀다.

"아니 쟤가……. 그런 뜻이 아냐!"

"아니긴 뭘 아니야, 다 들었어요!"

나는 준영이의 손을 잡아끌면서 할머니 집을 뛰쳐나왔다. 지금 내 기분은 어떤 말로도 설명할 수 없었다. 영문을 모르는 준영이는 나를 보며 언니 왜 그래? 소리만 해댔다. 나는 준영이에게 할머니가 했던 말을 할까 하다 관뒀다. 갑자기 준영이가 불쌍했다. 딸이라는 이유만으로 지우라고 했던 할머니의 말이 너무 무서웠다. 준영이가 이 사실을 알면 충격을 받을 것 같았다. 가벼운 심호흡을 하며 마음을 진정시키려고 했으나 쉽게 가라앉질 않았다. 할머니의 말이 믿어지지 않았다. 나는 할머

손 현 주

니가 그렇게 무서운 사람인 줄 몰랐다. 내게 용돈도 잘 주고 늘 웃어주던 분이었는데 할머니 머릿속에 그런 생각들로 가득 차 있었다고 생각하니 가슴이 서늘했다.

집으로 돌아와 보니 엄마가 식탁에서 라면을 먹고 있었다. 엄마는 현관으로 들어오는 나를 보자 놀란 토끼 눈을 하고 바라보았다. 아직 아빠에게 연락을 받지 못한 모양이다.

"웬일이야? 저녁때 올 줄 알았는데."

"몰라, 언니가 느닷없이 집에 가자고 해서 끌려 왔어."

준영이가 나를 이해할 수 없다는 투로 말했다.

"그냥 엄마 보고 싶어서 왔어. 명절날 혼자 있는 엄마가 안돼서."

"아이고, 효녀 났네 효녀 났어. 그딴 걱정은 하지 말고 엄마를 진짜 위한다면 성적이나 잘 내 명문대 가는 거야."

엄마는 또 내 말에 명문대 타령이 시작됐다. 엄마의 명문대 이과 타령에 엄마랑 사이가 좋아지기 힘이 들었다.

늦은 밤 아빠가 집으로 돌아왔다. 아빠가 거실로 들어왔다는 인기척을 들었지만 나는 나가지 않았다. 아빠는 내 방문을 한 번 열어 보고 다시 안방으로 들어갔다. 아빠는 엄마랑 밤새 무슨 이야기를 나누는지 말소리가 끊이지 않았다. 가끔은 다투는 소리까지 들렸다. 나는 노트북을 켜고 새로 생긴 마카롱 가게가 인스타그램에 올라와 있는 사진을 보았다. 사진에는 새

벽에 마카롱을 만드는 사진과 글이 올라와 있었다. 특히 마카롱은 흰자에 설탕을 넣어 만드는 머랭이 쉽게 죽는다는 단점을 극복해야 좋은 마카롱이 된다. 핸드 믹서로 고속과 중속, 저속을 번갈아가며 휘핑을 해줘야 쫀쫀하고 윤기 나는 튼튼한 머랭을 만들 수 있다. 그걸 바탕으로 성공적인 마카롱이 완성된다. 인스타그램 사진에 나와 있는 휘핑의 상태는 부드러운 뿔 모양으로, 자칫 묽어 실패한 듯 보였으나 지극히 정상인 상태라고 했다. 머랭이 죽는 건 걱정할 필요 없이 나머지 재료들을 잘 섞어주고 마카롱의 반죽은 슥슥 가르듯이 버무려주면 완성이다. 마카롱이 만들어지는 과정은 쉬워 보이지 않는다. 무겁고 끊김 있게 투욱 툭.

갑자기 내 방문이 열렸다. 엄마가 눈이 시뻘게진 채 안으로 들어왔다.

마카롱의 반죽 색깔과 엄마의 눈이 비슷하다. 난 엄마가 왜 내 방으로 이 시간에 왔는지 짐작했다.

"준성아, 아빠한테 얘기 다 들었어. 우리 준성이한테 끝까지 비밀로 하려는데 알게 돼버렸네. 엄마가 왜 이러는지 이제 알았지. 그러니까 넌 할머니한테 복수한다는 마음을 먹고 죽어라 공부해. 보란 듯이 명문대 가는 거야."

엄마는 내가 이런 사실을 알게 된 게 오히려 천군만마를 얻기라도 한 듯 기세등등했다.

손 현 주

"난 엄마나 할머니를 위해 존재하는 사람 아냐. 엄마는 할머니가 아들딸 차별하고 있다고 싫어하지? 근데 엄마도 마찬가지야. 여자라서 파티시에 하는 거 반대하잖아."

"그건 널 위해서야."

"날 위해서라고 말하지 마. 오로지 엄마가 원해서야."

내 이름에 얽힌 비밀을 알고 난 후 며칠 동안 마음이 갑갑하고 혼란스러웠다. 왠지 모르게 억울하고 답답하기까지 했다. 밤에도 머리가 아파 잠이 오지 않았다. 어른들은 그 이름이 어때서?라는 말을 아주 쉽게 한다. 지금까지 준성이란 이름이 단 한 번도 남자 이름이어서 싫은 적이 없었다. 그러나 그 이름의 숨겨진 의미를 안 이상, 예전과 같기가 어려웠다. 나는 교복 위에 달린 명찰을 볼 때마다 할머니가 했던 말이 떠올라 명찰을 떼어 쓰레기통에 던져버렸다.

학교에 가서도 수업에 집중이 되지 않았다. 사회 선생님은 여성 근로자가 남성 근로자의 67퍼센트의 임금을 받는다는 사실을 여학생들은 알아야 한다고 했다. 이런 차별이 없는 직군이 바로 교사나 공무원이라며 열심히 공부해서 교대나 사범대에 가라고 했다. 또 어느 대학을 가느냐에 따라 신랑감의 직업이 달라진다느니 등등 징그럽게 대학에 꼭 가야 하는 이유들을 나열했다. 요즘 아이들은 절실함이 없어 공부를 못한다고 했다. 그러나 내 생각은 다르다. 꼭 하고 싶은 일이 있어서 꿈으로 삼으려면 가족 눈치, 사회 눈치를 봐야 한다. "너는 여자이기 때문에 이런 일이 안 맞아.", "넌 무슨 남자애가 그런 여자들이나 하는 취미를 하니?" 이런 말들을 한다. 자신의 꿈을 가지고 행동하기에는 너무 제약이 많은 사회라는 게 맘에 안 든다.

점심을 먹은 후 도서실로 갔다. 도서실에 가서 제과제빵과 관련된 책이 있나 서고에서 찾아보았다. 『빵의 지구사』라는 책이 보였다. 그 책을 보는 순간 무언가 내 몸 안으로 훅 들어온 느낌이었다. 그 소리는 심장의 소리였고 잊고 있었던 수많은 소리들이었다. 빵의 탄생과 변화하는 빵의 변천사는 흥미로웠다. 1920년대 우리나라도 빵의 역사가 시작되었다고 하니 빵의 역사가 100년이 다 되어간다는 소리였다. 그러나 지금까지 빵 그 자체에 머물렀다면 이제는 빵에서 더 다양하게 발전을 시킬 이유가 있었다. 빵은 단순히 배를 채우는 기능이었다면 이제 후식 문화의 시대가 열리고 앞으로 100년을 발전시킬 중대한 시간이었다. 나는 마음이 바빠졌다. 왠지 사라져버린 소리를 찾을 수 있을 것 같았다. 그리고 진정으로 원하는 것을 찾아야겠다는 생각이 들었다.

집으로 돌아오는 길에 마카롱 가게에 들렀다. 그 가게를 운영하는 사장은 젊은 언니였다.

"인스타그램에서 가게 사진 봤어요. 마카롱 색깔이 너무 예

손 현 주

뼈 꼭 사 먹어보고 싶어서 왔어요."

"사실 인터넷 매출이 매장에서 파는 것보다 높아요. 인스타 보고 가게까지 찾아오는 사람들이 많아 고맙죠. 참, 저희 매장에서는 매주 1회씩 체험 교실을 운영하고 있어요. 시간 되면 신청해서 직접 만들어봐요."

기분 좋은 말을 하는 언니는 행복해 보였다. 나는 다양한 색깔로 진열된 마카롱을 몇 개 샀다. 가게를 나와 집으로 가는 길에 마카롱을 입에 넣으며 그 맛을 음미했다. 입안에 도는 쫀득함과 달달한 식감이 무거운 기분을 날아가게 했다. 나는 복잡한 수학 공식이나 외워 가며 증명하는 삶을 원하지 않는다. 수학 공식을 힘겹게 풀어낸 후 한 입 베어 먹는 위로의 빵을 만드는 자가 되고 싶다. 고단한 사람들의 쓴 입을 잠시지만 달달하게 만들어주는 파티시에, 난 그 일을 진짜 하고 싶다. 엄마와 할머니 사이에 아들을 낳느니 마느니, 이런 문제의 희생양이 되고 싶지 않다. 난 이제 아들이나 낳기 위해 만들어진 준성이가 아니다. 지금 난 새롭게 태어나고 싶다. 내 이름이 아들을 낳기 위한 주술적 의미가 담긴 이름이라면 당장 바꾸고 싶다. 엄마나 할머니가 원하는 나의 모습은 그들의 헛된 꿈일 뿐이다. 파티시에를 남자들만 할 수 있다는 전유물로 생각하는 엄마의 생각을 멋지게 깨줄 작정이다.

엄마의 전화가 여러 번 걸려왔다. 나는 전화를 받지 않았다.

엄마는 포기하지 않고 카톡을 보냈다.

- 준성아, 너 어디니? 과학 선생님 벌써 와서 기다려.

나는 답장하지 않았다. 준성아, 준성아, 내 이름에서 갑자기 악취가 나는 것 같았다. 나는 이제 내 의사 표시를 할 수 있는 나이다.

나는 집 근처에 있는 변호사 사무실을 찾아갔다.

"무슨 일이니?"

사무실 문을 열자 사무장이라는 분이 내게 물었다.

"혹시 미성년자도 개명할 수 있나요?"

"먼저 관할 법원에 개명 허가 신청서를 제출해야 돼. 미성년 자는 원래 법정 대리인인 부모님과 함께 와야 하지만 의사 능력이 있는 미성년은 직접 개명 신청을 해도 받아준단다. 그래도 더 안전하게 개명하려면 부모님 의견서를 함께 제출하면 허가가 쉬울 거야."

나는 감사하다는 인사와 함께 사무실을 나왔다. 나는 이제 모험을 시작해야 할 때가 온 것 같았다.

집으로 돌아왔다. 엄마는 마침 통화 중이었다.

"그러니까 그 선생님이 예전에 수능 출제 위원이었다가 퇴직한 선생님이라는 거죠? 주원 엄마, 이럴 게 아니라 내일 학

손 현 주

교 앞 카페에서 만나서 팀 짜는 거 정합시다."

엄마는 내 눈치를 홀금홀금 보면서 전화를 끊었다.

"준성아, 너 잘 왔다. 산이 엄마가 몇 년 전 언어영역 출제 위원이었던 선생님하고 팀을 짜……."

"엄마, 이제 그만해. 나 그 팀 안 들어가. 그러니까 헛수고야."

"너 왜 그래? 엄마가 어떻게 알아온 정본데……."

"엄마가 그런다고 명문대 갈 수도 없지만 그건 내 꿈이 아냐. 그러니까 내 진로에 엄마가 끼어들지 말아줘. 제발 부탁이야."

"너 그럼 대체 뭐 할 거니?"

"나 대학 대신 고등학교 마치고 파티시에 전문학교 갈 거야."

"너 끝까지 엄마 말 안 들을 거니? 너 내 속을 몰라서 그래? 엄마가 할머니한테 어떤 수모를 당했는지 몰라서 그러냐고, 내가 널 낳고 분만실에서 나오자마자 링거 병 들고 화장실 앞까지 따라와서 한다는 말이 뭔지 알아? 어리석다고 했어. 지금 세상이 어떤 세상인데 딸 아들 구별해서 대책 없이 낳냐고! 나는 두 번 어리석었어. 넌 그게 무슨 의미인지 알 거야. 엄마는 딸이라도 좋았어. 엄마는 너를 낳은 산후통으로 하혈을 하면서 그때 결심했어. 내 딸은 할머니가 생각하는 것 이상으로 키워낼 거라고!"

엄마는 절규하듯이 내 앞에서 울분을 터트렸다. 불쌍한 그녀, 그녀 이름은 윤미진, 그녀가 내 엄마다. 엄마의 이런 말들이 누름돌을 만들어 지금까지 나를 지겹도록 짓눌렀다. 그래서 지겹도록 싫었다.

"엄마⋯⋯. 미안해."

나는 그 말을 내뱉으며 방으로 들어와 어두운 방 안에서 불도 켜지 않은 채 웅크려 울었다. 엄마가 나한테 거는 기대는 어려서부터 알았다. 그래서 엄마가 시키는 거라면 하기 싫은 것도, 먹기 싫은 것도, 가기 싫은 곳도 무조건 따랐다. 엄마의 기대를 채우기 위해서. 수학이 싫어도 꾸역꾸역 손톱을 물어뜯으며 늦은 밤까지 숫자와 싸웠다. 그러니까 나는 내가 '어떤' 나인 줄도 모르고 살았다. 그냥 엄마가 원하는 사람이 되면 그게 내가 원하는 것이 되는 줄 알았다. 엄마와 할머니의 불편한 관계를 눈치챘고 그래서 착한 아이, 공부 잘하는 아이, 남자아이처럼 의젓한 아이가 되어야 엄마와 할머니의 관계도 편해진다고 믿으며 여기까지 꾸역꾸역 참으며 왔다. 그런데 지금에 와서 보니 그런 것들이 쌓여 잔뜩 흔들어 놓은 탄산음료 캔처럼 터지기 일보 직전인 상태가 되고 말았다. 그래서 불안의 주파수가 높아지기 시작했다. 이제 이 불안의 주파수를 낮추어야 할 시간이다. 나는 책상 위 스탠드를 켰다. 그리고 편지를 썼다.

엄마, 저 준성이예요. 저는 앞으로 윤미진의 딸로서만 살지 않을 거예요. 그러니 엄마도 할머니 때문에 생기는 경쟁이

　　　　　　　　　손 현 주

나 분노가 아닌 엄마 자신을 위한 삶을 살아요. 딸들에게 또 다른 기대라는 무게감을 대물림하지 말아주세요. 엄마의 인생은 그냥 엄마가 껴안고 가주세요. 내가 엄마에게 진짜 바라는 게 있다면 지금이라도 엄마의 이름 윤미진을 찾는 거예요. 저의 진로는 제게 맡기고요. 누군가의 딸이던 준성이는 이제 죽었어요. 전 누구의 아들을 낳기 위한 준성이도 아니고 누구의 아들을 대신한 능력 있는 엄친 딸도 아니에요. 엄마에게 미안하다는 말은 하지 않겠어요. 저는 열일곱 살의 맛, 그 맛을 찾을 거예요. 그것이 여자가 하기 힘든 일 일지라도 한계를 두지 않을 거예요. 체력이 약하면 쉬엄쉬엄 느릿느릿 할 거예요. 제가 하는 일이 남자가 하는 일이든 여자가 하는 일이든 그건 중요하지 않아요. 저의 몸을 뚫고 나오는 날개를 달고 하늘을 높이 날아오를 거예요. 그건 아마도 쉽지 않은 모험일 거지만 엄마는 이제 그냥 저를 지켜봐주세요. 그리고 응원해주세요. 저는 오늘 법원에 개명 신청서를 제출하려고 갑니다. 이 편지를 보는 시간이면 저는 준성이가 아닌 다른 이름으로 새롭게 태어나 있겠죠. 개명한 이름이 마음에 들지 않아도 나무라지 마세요. 전 그 누구의 딸도 아닌 저로 살고 싶어요. 엄마.

나는 이 편지를 남기고 집을 나왔다. 그리고 집에서 조금 떨어진 곳에 있는 가정법원으로 들어가 개명 신청서를 접수했다. 그리고 며칠 전에 신청한 마카롱 체험 교실로 발길을 돌렸다.

가게에 들어서자 마카롱을 만드는 취미를 가진 사람들이 모여 있었다. 마카롱 가게 언니가 직접 수업을 진행했다. 마카롱은 만들기 어려운 디저트 중 하나인 만큼 반죽 상태나 주변 환경에 따라 모양도 맛도 달라진다고 했다. 나는 지난번에 인스타그램 사진에 올라온 것처럼 재료들을 섞고 치대고 반죽을 하는 데 심혈을 기울였다. 반죽을 만든 후에도 40분 가까이 숙성을 해야 했다. 듣던 대로 온도, 습도, 충격에 예민했고 팬닝 후 건조, 굽기, 보관까지 신경을 많이 써야 하는 디저트였다. 나는 꼬끄의 모양을 만드는데 손이 떨리기까지 했다. 오랜 시간 끝에 예열된 오븐에서 동글동글하고 말랑말랑한 연보랏빛 꼬끄를 팬에서 꺼냈다. 반죽이 올라온 모습이 너무 예뻐 기분이 너무 좋았다. 리코타 치즈와 망고 요구르트로 만든 속을 샌드해 넣었다. 완벽하진 않지만 제법 마카롱의 모습이 되었다. 나는 마카롱을 한 입 베어 물었다. 마카롱이 입안에 들어가자 내 예상대로 쫀득쫀득한 꼬끄가 달달한 망고와 어울려 씹는 맛이 환상적이었다. 내가 만든 마카롱을 예쁜 포장 상자에 하나하나 넣어주었다. 그리고 상자 위에 '예민서'라는 이름을 적었다. 내가 처음으로 만든 이 마카롱을 엄마에게 선물할 생각이다.

그리고 한 달 반이 지나 문자 한 통을 받았다.

　　　　　　　　　　　　　　　　／ 손 현 주

남부지방법원 남부지원 2019호명 109개명 [2019 11, 15 허가결정]

허가서를 우편송달.

∴ 작가의 말

나는 원고를 탈고한 후 그 작품을 잊으려는 경향이 있다. 그래서 교정작업과 작가의 말까지, 남아 있는 통과의례들을 부담으로 느낄 때가 종종 있다. 어쩌면 쓰는 동안 고민했던 힘겨움 때문이기도 하지만 다시 원고를 떠올릴 때 불쑥 드는 미진함 때문일 수도 있다.

작품을 쓰면서 부끄러웠다. 나 자신 역시 전통적으로 뿌리 박혀 있는 성차별이나 인식이 낡아 있는 건 아닌가 점검해보는 시간이 되었다.

우리가 살아왔던 시대에 한 번도 꿈꿔보지 못한 이야기를 지금 이 순간 할 수 있어 진짜 다행이다. 앞으로 다가올 미래는 남녀 성별 차이를 존중하는 그래서 모두가 나란히 행복한 사회가 된다면 좋겠다.

손현주

청 소 년 문 학 대 표 작 가 들 의 여 섯 빛 깔 이 야 기

넌 괜찮니?

이 상 권

이상권

산과 들이 있는 마을에서 어린 시절을 행복하게 보냈지만, 고등학교 시절에는 난독 증과 불안 증세로 학교생활에 적응하지 못해 힘들었다. <창작과 비평>에 「눈물 한 번 씻고 세상을 보니」 소설을 발표하며 작가가 되었다. 「고양이가 기른 다람쥐」는 고 등학교 1학년 국어교과서에 수록되었다. 지은 책으로 『첫사랑 ing』, 『난 멍 때릴 때가 가장 행복해』, 『숲은 그렇게 대답했다』, 『과거 시험이 전 세계 역사를 바꿨다고?』, 『하 늘로 날아간 집오리』, 『발차기』, 『서울 사는 외계인들』, 『개재판』 등이 있다.

해상 케이블은 바다를 향해 뛰어내리듯이 움직였다. 그 안에 타고 있던 사람들이 저도 모르게 탄성을 질렀다. 선유랑 미정이는 놀이기구를 탄 기분이라고 하면서

"와아, 끝내준다!"

"바다 위를 날아가는 것 같아!"

마냥 신나는 표정이었다. 오직 나만이 입을 꾹 다문 채 굳어 있었다. 그 안에 탄 사람들 중에서도 오직 나만이 잔뜩 경직되어 있었다.

우리가 탄 케이블카는 일반형이 아니고 바닥이 유리로 되어 있는 것이었다. 나는 그런 바닥을 내려다볼 수 없었다. 마치 뻥 뚫린 것처럼 사람의 눈을 홀리고 있는 저 투명유리가 오늘따라 더욱 싫었다. 입안에서는 '저주스럽다'는 말까지 뱅글뱅글 돌고 있었다.

"윤아야, 아래 좀 봐. 괜찮아!"

"괜찮다니까! 아무렇지도 않아."

아무리 친구들이 말을 걸고 손으로 잡아끌면서 안심을 시켜도, 나는 바닥을 내려다보지 않았다. 그만큼 나는 긴장하고 있었다. 고소 공포증이 심한 내가 친구들 꼬드김에 넘어가서 이런 것을 탄 것 자체가 잘못이다. 바람이 심하지 않으니까 괜찮을 거라고, 너무 무서우면 눈을 감아버리면 된다고, 친구들이랑 같이 타는 거니까 너무 걱정하지 말라고, 이런 걸 몇 번 타다 보면 고소 공포증도 자연스럽게 사라진다고. 그런 식으로 유혹한 친구들은 깔깔대면서 계속 내 팔을 잡아당겼다. 나는 그런 친구들이 미웠고 진지한 눈빛으로

"제발, 제발, 이러지 마."

하고 간신히 말했다. 그때 내 휴대전화가 울렸다. 나는 청바지 앞주머니에 들어 있는 휴대전화를 끄집어내려다가 바닥을 내려다보았고, 순간 하마터면 비명을 지를 뻔했다. 그러자 옆에서 깔깔대고 있던 미정이가 내 휴대폰을 끄집어내더니

"오, 오빠네! 내가 좋아하는 혁이 오빠다."

그러면서 휴대폰을 내 턱 앞으로 내밀었다. 진짜 오빠였다. 내가 침을 한 번 꼴깍 삼킨 다음 휴대전화를 받아들자 그만 전화가 끊어져버렸다. 차라리 잘된 일이다. 어차피 지금 전화를 받아봤자 몇 마디 하지도 못했을 것이다.

이 상 권

"왜 안 받았어?"

내가 아무런 말을 하지 않자 미정이가 재빠르게 화제를 돌렸다.

"혁이 오빠 사귀는 여자 있냐?"

나는 어처구니없다는 표정을 지으면서 일부러 크게 내뱉었다.

"넌 남친 있잖아! 그리고 우리 오빠 너처럼 키 큰 여자들 별로 안 좋아한다구."

순간 실내에 있던 사람들 눈빛이 우리한테 쏟아졌고, 그제야 나는 이곳이 서로의 숨소리까지 다 들릴 정도로 좁고 밀폐된 공간이라는 사실을 깨달았다. 미정이가 발로 나를 툭툭 차면서 약간 화난 표정을 지었다. 선유도 네가 좀 심했다고 쏘아보았다. 그래서 어쩌라고! 사실 오빠가 키 큰 여자들을 좋아하지 않는다는 것은 새삼스러운 말이 아니다. 선유랑 미정이도 잘 알고 있을 것이다. 오빠는 나처럼 작고 귀여운 상을 좋아한다고 선유랑 미정이 앞에서도 말을 흘린 적이 있었으니까.

뭐 그렇다고 오빠랑 나를 사이좋은 남매라고 생각하면 곤란하다. 엄마의 유전자를 충실하게 물려받은 오빠는 유머도 없고, 살갑게 동생을 데리고 다니면서 놀아주는 곰살맞은 눈빛도 없었지만 가끔씩 자기 용돈을 쪼개서 나한테 주기도 하고, 내가 갖고 싶어 하는 게 있다고 하면 어떻게 해서든 사주는 오빠다운 면은 있다. 또한 나를 괴롭히거나 귀찮게 한 적도 없다.

그러니 보는 눈에 따라서는 아주 좋은 오빠라고 최등급 평가를 내릴 수도 있겠지만, 문제는 내가 그런 스타일을 좋아하지 않는다는 데 있다. 나는 친구 같은 오빠를 꿈꿔왔다. 시도 때도 없이 귀찮게 해서 싸우기는 해도, 어떤 결정적인 순간에는 서로 동지 같은 속엣말을 주고받을 수 있는 그런 오빠. 의대생인 오빠는 중학교 때부터 어른이 되어버린 것 같았고, 엄마 아빠랑 싸울 때도 내 편이 아니라 늘 객관적인 중재자였다. 오빠는 그런 부류다.

오빠가 나한테 전화를 한 것도 드문 일이다.

나는 잠깐 고개를 갸우뚱했다.

케이블카에서 내리자마자 아무 데나 드러눕고 싶었다. 그만큼 맥이 빠진다. 꼭 지옥에 다녀온 기분이랄까. 똑같은 인간인데 누구는 저런 걸 타도 아무렇지도 않고 누구는 이렇게 녹초가 되어야 하는지 하소연이라도 하고 싶었다.

선유가 흰고래를 보러 가자고 소리쳤다. 내가 맥없이 의자에 앉아서 움직이질 않자, 선유가 힘내라고 하면서 팔을 잡아당겼다. 그렇게 차를 타기 위해서 이동하다가 뭔가 이상하다는 느낌을 받았다. 우린 셋이서 나란히 걷고 있었고, 내가 친구들 중에서 가장 오른쪽에서 비틀비틀 걷고 있었다. 우리를 전혀 모르는 사람이 보면 전혀 이상할 게 없지만, 우리를 잘 아는 사람들이 본다면

이 상 권

"어, 쟤네 센터가 바뀌었네!"

대번에 그렇게 손가락질할 것이다. 이번 여행 중에도 이런 일은 없었다. 그만큼 친구들은 나를 챙겨주었는데, 오늘은 뭔가 달랐다. 선유랑 미정이가 착 붙어서 팔짱을 끼고 있었다. 나는 일부러 선유랑 미정이하고 눈을 마주치려고 했으나 그때마다 둘은 교묘하게 피하는 듯한 느낌이었다.

허걱, 이게 뭐지? 아까 케이블카에서 내가 미정이한테 그런 말을 했다고, 그 정도 말을 했다고 친구들이 토라질 리는 없다. 그렇다면 왜 그럴까? 그러고 보니 오늘 아침 숙소를 나올 때부터 둘의 눈빛이 평상시하고 달랐다. 둘은 은밀하게 자주 속닥거렸고, 그러다가도 내가 나타나면 당황하면서 입을 다물었다.

버스도 둘이 먼저 올라가더니 나란히 앉았다. 보통 때라면 우리 셋 중에서 가장 언니 같은 선유가 미정이랑 내 눈치를 보면서

"누구랑 앉아갈래?"

그런 식으로 눈빛을 보냈을 것이다.

나는 다시 고개를 갸우뚱하면서 휴대전화를 끄집어내다가 호주머니에다 넣어버렸다. 오빠가 무슨 일 때문에 전화를 했는지 몰라도 이렇게 불편한 곳에서 통화하고 싶지는 않다. 내 뒤쪽에 앉아 있는 선유랑 미정이도 말이 없다. 그것도 드문 일이었다.

나는 의자에다 머리를 기대고 눈을 감았다. 키가 작은 내가 선유랑 미정에 사이에 끼어 있는 풍경이 떠오른다. 그런 풍경 이란 우리가 삼총사처럼 어울리기 시작한 초등학교 5학년 때부터 만들어진 우리들만의 법칙이었다. 그때도 선유는 웬만한 엄마들보다 키가 컸고, 미정이 또한 만만치 않게 키가 컸다. 주위에서 '키다리 사이의 땅콩'이라고 할 만큼, 유독 나만 키가 작았다. 그런 나를 그녀들은 친구로 받아들였다. 선유는 세상 모든 일에는 센터가 중요하다고 했다. 걸 그룹도 센터가 가장 강해야 하고, 축구도 센터가 강해야 강팀이고, 야구도 센터가 강해야 강팀이고, 농구도 마찬가지고, 배구도 마찬가지고, 인간 세상도 마찬가지라고 하면서

"윤아, 네가 센터야."

그렇게 가운데로 나를 끌어오자, 옆에 있던 미정이도 아무렇지도 않게

"그게 좋겠어. 키 순서대로 다니면 좀 우습잖아?"

내 어깨를 토닥여주었다. 그때부터 나는 친구들 사이에서는 늘 센터였다. 어딜 가든 자연스럽게 그런 퍼즐이 되었다. 그렇다고 내가 그녀들보다 특별하게 돋보이는 것도 없었다. 굳이 있다면 그녀들의 키가 워낙 크기 때문에, 이제 고작 150센티미터를 넘을까 말까 한 내가 상대적으로 돋보였을지도 모른다. 지금은 그녀들하고 거의 30센티미터 차이가 나니까. 얼굴

이 상 권

은 미정이가 가장 예쁘다. 춤도 미정이가 잘 춘다. 노래 실력도 인정받는다. 불공평하게도 공부까지 잘한다. 나는 그런 미정을 늘 부러워하였다. 당연히 이번 과학고 입시에서도 미정이가 고지에서 밀려날 것이라고는 한 번도 생각하지 않았다. 그래서 미정이가 떨어졌다는 소식을 듣는 순간, 당사자만큼이나 한동안 멍한 표정을 지었던 것이다.

항상 짧은 커트 머리에 목소리까지 허스키해서 중성적인 분위기가 강한 선유는 강렬한 카리스마까지 있어서, 누가 보더라도 우리들 중에서 실질적인 센터였다. 선유는 생각만 어른스러운 것이 아니라 행동도 어른스럽다. 그렇다는 것은, 늘 나랑 미정이를 배려하면서 살아간다는 뜻이다. 내가 언젠가 엄마한테 그런 이야기를 귀띔했더니

"선유가 할머니랑 산다며? 그래서 생각이 깊은가 보다."

그런 식으로 엄마가 해석하자, 그제야 나는 '어 그렇구나!' 하고 고개를 끄덕였다. 그만큼 나는 생각하는 것이 어려웠다. 그래서 2주 전에 선유 할머니가 돌아가셨을 때도 장례식장에서 1시간가량 앉아 있다가 아무런 생각 없이 돌아올 뻔했다. 만약 미정이가 장례식이 끝날 때까지 선유 옆에 같이 있어주자는 말을 하지 않았더라면, 진짜 그냥 나왔을지도 모른다. 어쩌면 그때 너무 미안했기 때문에 장례식이 갈무리되자마자 미정이한테

"야, 우리 여행가자. 선유도 맘이 심란할 것이고, 너도 과학
고 떨어져서 그럴 것이고 해서, 겸사겸사……. 우리 셋이서 여
행간 적 한 번도 없잖아! 어때?"

그렇게 제안했던 셈이다. 미정이가 좋다고 손뼉 쳤고, 선유
도 곧바로 고맙다고 눈웃음을 보내왔다. 여행은 기차를 타고
이동하기로 했다. 코스는 최종 목적지를 바다로 놓고 토론을
한 결과 여수로 모아졌다. 물론 선유가 좋아하는 '여수 밤바다'
라는 노래가 결정적인 역할을 했다. 선유는 할머니 고향이 여
수인데, 아직까지 한 번도 가본 적이 없다고 했다.

우리는 어제 전주에서 하룻밤을 묵었다. 여행 일정을 잡자
엄마가 숙소를 잡아주었다. 우리의 바람대로 펜션, 게스트 하
우스, 호텔까지. 그렇게 각각 다른 숙소를 잡아준 것은 내가 요
구했기 때문이다. 친구들이랑 처음 가는 여행이기 때문에, 각
기 다른 숙소가 주는 느낌을 나만의 방식으로 느끼고 싶었다.

나는 이번 여행을 통해서, 처음으로 친구들 사이에서 센터
역할을 하고 싶었다. 그러니까 진심으로 내가 친구들에게 어떤
존재인지 느껴보고 싶었다. 나는 키도 작고, 예쁘지도 않다. 공
부를 하려고 아등바등해봐도 제대로 되지 않는다. 우리 집에서
는 나만 빼고는 모두 다 서울대 학번을 보유하고 있으니까, 나
만 빼고는 다들 공부 도사들만 모여 있는 셈이다.

나는 그런 생각을 하면서 잠깐 잠이 들었다. 선유가 흔들어

　　　　　　　　이 상 권

서 눈을 떴을 때는 미정이는 보이지 않았다. 미정이는 벌써 차에서 내려 누군가랑 통화를 하고 있었다.

내가 여수에 올 때 가장 보고 싶었던 것이 흰고래였다. 아쿠아리움에 오게 된 것도 나 때문이다. 흰고래를 보자마자 선유랑 미정이는 '근사하다!', '인어 같다!' 같은 온갖 표현을 토해냈으나 정작 나는 아무런 감정 표현도 하지 않았다. 계속 친구들 눈치만 살폈다. 같이 사진을 찍을 때도 밝은 표정을 지을 수 없었다. 선유가 나를 보고는

"윤아야, 너 어디 아파?"

그렇게 묻자, 진짜 어딘가 아픈 것 같았다.

내가 화장실에 갔다가 나가자 이번에도 뭔가 비밀스럽게 속닥거리던 선유랑 미정이가 급하게 말꼬리를 흐렸다. 어, 뭐지? 대체 얘들이 왜 이러지? 내가 알아서는 안 되고, 둘만이 공유하고 있는 이야기가 있을까.

미정이가 나를 보고 웃으면서 스카이 타워 전망대에 가자고 했다. 이제 거기서 노닥거리다가 저녁을 먹고 숙소에 들어가서 쉬다가, 적당한 시간에 여수 밤바다의 바람을 맞으러 나오면 오늘 일정은 끝이다. 선유가 나를 보고 웃으려고 했으나 여전히 그 눈빛이 어색했다. 그것은 오랫동안 친구로 지내온 사람만이 감지할 수 있는 느낌인지도 모른다. 뭔가 어색해하는 것도 같고, 아니면 뭔가를 숨기고 있는 것도 같고, 나를 불편해하

는 것도 같았다. 대체 왜 그럴까.

친구들은 아무렇지도 않은데 괜히 내가 예민해져서 이런 느낌을 받는 것이라면 얼마나 좋을까. 그렇다면 나는 왜 갑자기 예민해진 것일까. 어제 용산역에서 기차를 탈 때부터 기억을 더듬어봤으나, 우리 셋 사이에서 의견 충돌이 일어난 적은 한 번도 없었다. 기차를 타기 전에 과자랑 음료수를 살 때도 마찬가지였다. 총무인 나는 항상 둘에게 먼저 묻고서 먹거리를 샀다. 전주에 도착해서도 마찬가지다. 선유가 미리 검색해놓은 맛집에서 점심을 먹었고, 역시 다 같이 합의한 코스대로 움직였을 뿐이다. 펜션에 와서 잠을 자다가 서로 첫사랑 이야기를 했다. 나는 초등학교 3학년 때 좋아했던 짝꿍을, 선유는 중학교 1학년 때의 국어 선생님을, 우리들 중에서 가장 연애를 많이 해본 미정이는 초등학교 6학년 때 이웃집 대학생 오빠를 좋아했다고 해서 놀라게 했다. 그러다가 지금 현재 연애 중인 미정이 남친이랑 내 남친의 이야기까지 하게 되었다.

"야, 태희가 윤아한테 푹 빠져 있더라. 내가 한번 태희한테 윤아의 어떤 점이 좋아, 하고 물었더니……. 귀엽잖아? 윤아의 모든 것이 다 예뻐보여, 하고 말하더라. 남자애들은 키 작고 귀여운 타입의 여자를 좋아하는 것 같아. 그래서 나 좋다고 작업 거는 애들은 없잖아? 근데 미정이한테는 작업 거는 남자들이 많은 것 보면 미정이는 끊임없이……."

이 상 권

그렇게 선유의 입에서 내 남자친구 이야기가 정리되었고, 그 다음부터는 자연스럽게 미정이 남자친구 이야기로 넘어갔다. 미정이 남친 윤빈이는 여자들한테 인기가 많았다. 미정이만큼 이나 키가 크고 호리호리했으며 얼굴이 작고 예뻤다. 기타 솜씨도 수준급이었다. 윤빈이를 조금이라도 지켜본 사람이라면 그가 얼마나 연애 선수인지 알 수 있었다. 아니, 연애를 잘하는 것이 아니라 연애를 자주 한다는 말이 더 적절한 표현일지도 모른다. 윤빈이는 한 여자랑 오랫동안 연애를 하지 못했다.

"우리가 결혼하기 위해서 연애하는 거 아니잖아?"

그런 윤빈이 농담처럼, 그는 너무 쉽게 만나고 너무 쉽게 헤어졌다. 굳이 결혼할 것도 아닌데, 왜 한 여자랑 오랫동안 만나서 재미없이 시간을 보내냐는 말을 아무렇지도 않게 날리는 윤빈이는 늘 여자에 대해서는 자신감이 넘쳤다. 윤빈이는 친구들이 '바람둥이'라고 하면

"그래, 난 바람둥이야! 근데, 니들은 내가 부럽지?"

하고 여유 있게 받아치는 능글능글한 눈빛도 갖고 있었다. 그럴 때 윤빈이를 보면 꼭 아저씨들 같았다. 그래서 나는 윤빈이가 싫었다. 내 친구 미정이하고는 맞지 않는, 격이 너무 낮은 사람이라고 단호하게 말하고 싶었다. 어젯밤에도 몇 번이나 그 말이 입안에서 얼마나 맴돌았는지 모른다. 하지만 선유의 말처럼, 사람의 만남이란 상대적이라는 것을 인정할 수밖에 없었기

때문에 잠자리에 들 때까지 꾹 참으려고 했다. 그런데 미정이가 윤빈이 때문에 요즘 힘들다고 고백을 한 것이다. 윤빈이가 다른 여자랑 만나는 것 같다고 하면서. 그래서 나도 윤빈이가 다른 여자랑 만나는 것을 본 적이 있다고 했고, 그 쓰레기 같은 놈이랑 헤어지라고 쏘아댔다. 지금 다시 생각해보니, 아무리 그래도 '쓰레기 같은 놈'이라는 표현은 좀 너무했다.

나는 스카이 타워 엘리베이터를 타면서, 그것 때문이구나, 하고 확신했다. 그러고 보니 오늘 아침에 숙소를 나오면서 미정이가 윤빈이랑 통화하는 것을 살짝 들었는데, 둘이 약간 언쟁하듯이 소리치는 것 같았다. 그러고 나서 미정이의 표정이 평소하고는 달리 굳어졌던 것 같다. 맞다. 그랬구나!

우리는 바다가 한눈에 들어오는 창가에 앉았다. 미정이는 아이스크림, 선유는 따뜻한 자몽티, 나는 달달한 핫초코를 주문했다. 그 달달한 음료수가 바닥을 보일 무렵 나는 미정이랑 선유를 번갈아가면서 쳐다보았다. 둘은 내 눈을 마주보다가 슬그머니 피했다. 나는 미정이를 불렀다. 낮고 진실한 마음을 실어서. 그리고 어젯밤에 했던 말을 끄집어냈다.

"미정아, 미안해. 어젯밤에 내가 윤빈이한테 '쓰레기 같은 놈'이라고 한 것은, 내가 윤빈이한테 선입견이 너무 많기도 하지만 진짜 다른 여자애랑 만나는 것을 봤거든. 그래서 너무 화가 나서, 내 친구 미정이를 두고 어떻게 저럴 수가 있지 하는

174 　　／ 이 상 권

생각이 들어서⋯⋯."

최대한 또박또박, 그러면서 내 감정이 상대에게 전달이 되도록 눈빛을 피하지 않았고, 때론 손짓까지 해댔다.

미정이는 너무도 환하게 웃으면서 눈을 크게 떴다.

"야아, 우리 사이에⋯⋯. 괜찮아, 난 아무렇지도 않아. 어젯밤에도 그랬어. 윤아 네가 어떤 맘으로 그런 말 했다는 거 아니까!"

"어, 그래?"

갑자기 허탈해지면서 머리가 띵했다.

선유도 미정이 말에 맞장구쳤다.

"맞아, 난 미정이한테 윤빈이 그 양아치랑 헤어지라는 말 밥 먹듯이 하잖아. 난 심지어 걸레 같은 놈이라는 말도 했어."

"나도 윤빈이가 쓰레기 같은 놈이고, 걸레 같은 놈이라는 거 알아. 근데 이상하지. 그걸 알면서도, 왜 그놈이 보고 싶어지는지. 오늘은 꼭 헤어지자고 말해야지 하고 가서 만나면 그런 말이 쏙 들어가버리거든. 그래서 너무 힘들어. 나 혼자만 좋아한다는 것을 알기에⋯⋯."

나도 미정이가 진심으로 윤빈이를 좋아한다는 것을 알고 있다. 그래서 가급적이면 윤빈이에 대한 나쁜 느낌을 말하지 않으려고 했다. 그것이 친구에 대한 예의라고 생각했다.

우리들의 이야기는 여수의 바닷가 풍경으로 옮겨갔다. 뭐 특별한 풍경이 아니었다. 어딜 가나 볼 수 있는 그저 그렇고 그런

항구 도시였을 뿐. 그런데 왜 최근에 여수가 떠오르는 관광지가 되었을까. 분명히 다른 곳하고 차별되는 매력이 있을 텐데.

나는 친구들이랑 그런 이야기를 떠벌리다가 전화를 받았다. 태희였다. 나는 휴대폰 화면에 뜬 태희 이름을 선유랑 미정이한테 양해를 구하듯이 보여주고는 자리에서 일어났다.

그런 다음 한적한 곳으로 갔다. 태희의 부드러운 목소리가 들렸다.

"거기 어디야? 뭐, 스카이 타워 카페? 아, 나도 가고 싶다. 거기 가면 여수 시내가 한눈에 보인다고 하던데? 그게 옛날엔 시멘트 공장이었다며? 야, 부럽다! 흰고래 봤어? 언제? 난 흰고래가 제일 궁금해. 아, 갇혀 있어서……. 그렇긴 하겠다. 암튼 별일 없지?"

나는 태희의 이런 점이 마음에 들었다. 아주 낮은 목소리로 종알종알 말하는 것이 수다스럽지도 않았고, 귀에 거슬리지도 않았고, 언제든지 그의 말 사이로 끼어들 수 있어서 좋았다. 가끔씩 선유랑 미정이는 태희가 답답하다고도 했다. 목소리가 너무 작아서 혼자만 중얼중얼 하는 것 같아서 잘 들리지 않는다고 하면서,

"넌 태희 말이 잘 들리냐?"

그렇게 나를 쳐다보았을 때, 나는 너무도 당연하다는 듯이

"태희가 아무리 작게 말해도 난 다 들려. 태희가 혼자 옹알

이 상 권

이하듯이 말해도, 아니 태희가 말하는 입 모양만 봐도 무슨 말 하는지 다 알 수 있어."

내가 너무 구체적으로 표현하자, 선유랑 미정이는 고개를 살래살래 흔들어버렸다. 그렇다고 내가 태희의 중얼거리는 말을 다 알아듣는다는 뜻은 아니다. 그래도 문제가 되지 않는다. 왜냐면 서로 하고 싶은 말은 다 알아듣고 있으니까.

"어제 한옥 펜션은 어땠어? 엄청 비쌀 텐데……. 아, 그러고 보니 여수 아쿠아리움도 비싼 곳이구나! 아, 부모님이 특별 하사금을……. 좋겠다. 나도 너랑 같이 여행가고 싶은데, 그게 가능할까? 암튼, 뭐 별일 없지?"

태희는 몇 번이나 '별일 없지?' 하고 물었다. 처음에는 친구들끼리만 여행을 왔기 때문에 걱정이 되어서 그런가 보다 했다가, 그런 말이 되풀이되자

'얘가 대체 왜 이래?'

살짝 짜증이 나려고 했다.

"야, 근데 너 나한테 별일 없냐고 벌써 네 번이나 물은 거 알아? 친구들이랑 같이 왔는데 뭐가 문제가 있겠어? 숙소도 오기 전에 다 예약했고, 우리가 멀리 배를 타고 나가는 것도 아니고, 높은 산에 올라가는 것도 아니고, 이동 수단도 가장 안전하다는 기차만 타는데……. 너, 이상하다? 왜 그래?"

나도 모르게 목소리가 높아졌다. 태희는 많이 당황하고 있

었다.

"어, 그러네! 특별히 너희들이 걱정되어서 한 말은 아니고, 그냥 여행 가서 뭐 즐겁거나 황당한 일 있었냐는 뜻인데……. 말이 그렇게 나갔네. 아, 미안, 미안……."

태희가 그렇게 말하자, 내가 오늘 너무 예민한 게 아닌가 하고 한숨이 나왔다.

내가 태희를 좋아하는 또 다른 이유는 솔직하다는 것이다. 태희는 나랑 사귀면서, 설령 자신이 손해를 보더라도 항상 솔직하게 감정 표현을 했다. 그래서 태희를 만나면 어떻게 시간을 보내고, 어떻게 지내야 할지 계산이 섰으며, 괜히 어떤 꼼수를 부릴 필요가 없었다.

나는 태희랑 꼭 기차여행을 같이 하자고 약속하고 전화를 끊었다.

내가 자리로 돌아오자 친구들은 부러운 눈초리로 바라보았다.

"태희랑 너는 정말 잘 어울려."

"맞아, 첨엔 태희가 별로였는데, 시간이 지날수록 괜찮은 아이 같애. 진짜 이러다가 뭐야, 나중에 같이 신혼여행 가는 거 아냐?"

예상치 않게 태희 때문에 분위기가 좋아졌다. 우리는 그곳에서 가장 사진이 잘 나오는 각도와 배경을 찾아 사진을 찍고 또 찍었다. 그런 다음 각자 그 사진을 다른 곳으로 전송하고 히

히덕거렸다. 그러다가 슬쩍 고개를 돌렸을 때, 멍하니 바다 쪽으로 트인 창문을 바라다보고 있는 선유의 옆모습이 눈에 들어왔다. 그제야 나는 선유만 휴대폰을 만지작거리지 않는다는 것을 알았다. 선유는 남자친구도 없다. 형제도 없다. 부모님이 계시지만 할머니가 살아계실 때부터 따로 살았다. 선유 아빠는 엄마가 돌아가시자마자 열여섯 살이나 어린 여자랑 재혼을 했고 새엄마의 요구대로 선유는 따로 살게 되었다. 선유도 그게 편하다고 했다. 문제는 할머니가 영원하지 않다는 것이었다. 선유는 자신이 고등학교를 졸업할 때까지만 할머니가 옆에 있어주기를 바랐는데, 예상보다 빨리 그런 시간이 사라져버렸다. 선유는 지금도 그런 고민을 하고 있을 것이다. 이제 난 어떻게 살아야지, 하고. 그렇다고 아빠네 집으로 들어갈 수도 없고, 그렇다고 혼자 살 생각을 하니 막막할 것이다.

그런 내 눈길을 감지한 선유가, 할머니는 저 바다를 보고 무슨 생각을 했을까 하고 물었다. 그리고는 내가 대답할 틈도 없이 말을 이어갔다.

"할머니 핸드폰으로 내가 찍은 사진들 다 보냈어. 아직 할머니 핸드폰을 정리하지 않았거든. 근데 난 아무리 봐도 바다가 편하지는 않네. 난 넓은 바다보다는 작은 강이 더 편하다는 것을 여수에 와서 알았어. 할머니는 어땠을까? 당연히 바다가 더 편했겠지."

나는 가만히 턱을 괴고 선유가 손가락질하는 바다를 보았고, 선유가 눈을 감으면 나도 눈을 감으면서 그녀의 이야기를 들어주었다. 선유는 친구들이 그렇게 자신의 감정에 흡수되는 것을 좋아했다.

"여행 끝나면 아빠랑 새엄마 만나야 해. 아빠는 집으로 들어오라고 했지만, 새엄마도 그렇게 말은 했지만……. 난, 혼자 살려고. 할머니랑 살았던 이 작은 아파트에서 그냥 살려고 해. 아빠한테 그것만 그대로 남겨달라고 부탁하려고. 그리고 고등학교까지만 생활비 달라고, 그 뒤에는 내가 알아서 살겠다고……. 대학은, 아 그건 무리야. 그랬다간 아빠랑 새엄마 사이가……. 나도 그 정돈 알아. 그러니, 니들도 넘 걱정 말고. 이제 편하게 우리 집 오면 돼. 남친이랑 같이 오는 건 절대 사양! 혼자 오는 건 언제든 환영!"

나는 선유가 잘해낼 것이라고 믿었다. 미정이도 그런 눈빛이었다.

저녁은 내가 추천한 메뉴, 초밥이었다. 나는 초밥을 가장 좋아한다. 어렸을 때부터 초밥 하나만큼은 어른인 아빠나 엄마보다, 그리고 뭐든지 잘 먹는 오빠보다 더 많이 먹었다. 처음에는 하나, 둘, 셋, 넷……. 그렇게 셀 수 있다는 것 때문에 초밥을 좋아했다가 어느 순간부터는 회에 얹혀 있는 밥의 질감과 고추냉이의 절묘한 조화가 둔한 나의 미각을 깨워주었고, 지금은

이 상 권

신선한 회와 간장의 깔끔한 맛까지 즐길 수 있게 되었다.

선유랑 미정이도 오늘 초밥은 뭔가 특별했다고 했다.

숙소는 바닷가 근처에 있는 게스트 하우스였다. 우리는 바다가 가장 잘 보이는 3층에 자리를 잡았다. 40대 초반의 주인은 재작년에 회사에 다니다가 정리하고 이곳으로 내려왔다고 하고는, 다른 방에 손님이 차지 않는 한 그곳을 우리에게만 쓸 수 있도록 하겠다고 배려를 해주었다. 방에는 모두 6개의 침대가 있었기 때문에 우리는 뭔가 횡재한 느낌이었다. 나랑 미정이는 2층 침대에다 가방을 던져놓았고, 선유는 1층이 편하다고 하면서 침대에 누웠다.

나랑 미정이가 샤워장에 가서 씻고 오자 선유는 곤하게 잠이 들어 있었다. 어쩌면 선유는 잠든 모습이 가장 예쁠지도 모른다. 눈꺼풀을 내리고, 얼굴의 모든 표정이 사라지고, 그야말로 무아의 경지에 빠져든 선유는 여자인 내가 봐도 반할 것 같았다. 그렇다. 천사를 본 적이 없지만, 천사가 존재한다면 저런 표정이지 않을까.

나는 그렇게 선유를 한동안 내려다보고 있었고, 그래서 갑자기 울리는 휴대전화 때문에 화들짝 놀라면서 몸을 일으켰다. 당연히 선유는 눈을 떴고, 2층 침대에 있던 미정이의 눈도 내 쪽으로 날아왔다.

나는 미정이한테 낮게 '오빠'라고 말을 하고 방에서 나왔다.

내가 먼저 오빠가 어쩐 일이냐고 물었다. 오빠는 한동안 침묵하였다. 내가 다시 무슨 일이 있냐고 묻자, 그제야 오빠가

"윤아야!"

평소보다 낮게 불렀다. 그리고는 내가 대답할 사이도 없이

"너, 별일 없지? 괜찮지?"

그렇게 물었다. 어처구니가 없었다.

"오빠, 뭐가 괜찮냐고 하는 거야? 진짜 뜬금없네! 오빠, 무슨 일 있어?"

나는 피식 웃고야 말았다. 그러면서 게스트 하우스 3층 계단을 내려와서 현관을 지나쳤고, 무거운 유리문을 밀어내고 바닷바람이 달려드는 밖으로 나갔다.

오빠가 다시 내 이름을 불렀다. 이상하게도 그 목소리는 약간 떨리고 있었다.

"어차피 알게 될 것이고……. 그래서 엄마한테 내가 말을 하겠다고 했어. 윤아야, 놀라지 말고 들어."

"헐, 진짜 뭔 일이 있구나!"

"윤아야, 오빠도 첨에는 황당하고, 믿어지지 않아서 직접 인터넷 검색도 해보고, 하도 화가 나서 황준열이 개새끼라고 욕도 해보고……."

"뭐, 황준열? 아빠를 말하는 거야, 아님 동명이인 누가 있나? 뭐, 아빠라고? 오빠, 미쳤구나! 아빠한테 개새끼라니!"

이 상 권

어느 순간부턴지 오빠의 목소리는 크고 날카롭게 갈라지고 있었다. 그런 목소리가 너무나도 낯설었다. 오빠가 이렇게까지 감정 조절이 되지 않았던 적이 있었을까.

"씨바, 그 개새끼가 쓴 책도 집어던지고 그랬지만……."

나는 일부러 잠깐 뜸을 들이다가 천천히 말했다.

"오빠, 대체 무슨 일이 있었던 거야? 말 돌리지 말고 핵심만 이야기해봐!"

오빠도 깊게 한숨을 내쉬고 한동안 말이 없었다. 나는 그 침묵을 기다려주었다. 이윽고 오빠의 목소리가 들렸다. 많이 차분해진 목소리였다.

"하아, 내 아빠라서 그런가? 모르겠어. 그래서는 안 된다는 생각이 들기도 하고……."

"오빠아! 말 돌리지 말라니깐!"

이번에는 내 목소리가 커지면서 갈라졌다. 어느새 오빠는 자기 특유의 냉정함을 되찾았고, 또박또박 아빠가 당신 제자인 대학원생을 성폭행했다는 상황을 나한테 전달했다.

"그러니까 아빠가 만취 상태에서 실수를 한 것은 분명한 것 같고……."

아빠는 지금 모든 잘못을 인정한 상태이고, 여학생은 어떤 시민단체에 가서 이 사건을 폭로하고 경찰에 신고한 상태라는 말도 덧붙였다. 물론 나는 오빠가 말을 하는 동안에도 몇 번이나

"제발 꿈이었으면!"

"어떻게 이런 일이!"

"아아, 말도 안 돼!"

"우리 아빠가……."

"아아, 이건, 진짜……."

그렇게 소리치다가 중얼거리다가 결국은 가로수 밑에 주저 앉고야 말았다.

오빠는 말을 멈추지 않았다. 그 어떤 일이 있더라도 아빠한 테 벌어진 일을 다 설명해야만 한다고 작심한 모양이었다.

"이게 지금까지 드러난 상황이야. 나도 아직 아빠하고는 통 화도 안 했어. 그냥 아빠를 가만 놔두고 싶어. 그냥 그러고 싶 어. 너도 그랬으면 좋겠어."

이제는 입을 열어도 말이 나오지 않았다. 오빠도 그런 내 모 습을 다 상상했을 것이고, 그래서 오빠는 내 대답을 기다리지 않고 전화를 끊었다.

나는 한동안 가로수에 몸을 기댄 채 눈을 감고 있었다. 수많 은 사람들이, 수많은 차들이, 수많은 바람이 지나쳤다. 아빠하 고 함께했던 시간도 그만큼 빠르게 떠올랐다가 사라졌다.

'이런 일이 나한테도 일어날 수가 있구나!'

나는 그렇게 헛웃음만 연달아 터트렸다. 울고 싶어도 그런 웃음만 나왔다.

이 상 권

'아니, 이게 가능한 일이야? 아빠가, 우리 아빠가……. 악마 가 아빠한테 왔을까?'

지금 이 순간만큼은 내가 무엇을 해야 하는지, 무슨 생각을 해야 하는지, 아무것도 판단할 수 없었다. 친구들이 떠오르자 한숨만 터져 나왔다. 이제 그 친구들을 어떻게 대하지? 아무렇 지도 않게 얼굴을 볼 수 있을까? 그럴 수 있을까? 나는 얼굴을 무릎 사이에다 처박았다.

그때 휴대폰이 울렸다. 미정이다. 도저히 그 전화를 받을 수 가 없었다. 미정이는 연달아 두 번이나 전화를 했고, 곧이어 선 유가 전화를 했다. 그래도 내가 받지 않자 카톡을 보내기 시작 했다.

- 윤아, 너 어디야?

- 일단 보자!

- 제발, 제발, 제발, 이상한 생각 말고!

나는 아무런 답장을 할 수 없었다. 카톡을 보면 볼수록 내 얼굴이 달아올랐는데, 그것은 이미 친구들이 아빠 일을 다 알 고 있다고 확신했기 때문이다. 친구들의 눈빛이 이상해진 것도

넌 괜찮니?   185

아빠 일 때문이고, 그녀들이 자기들끼리만 속닥거린 것도 그런 이유 때문이겠지. 세상이 다 아는 사실을, 바보같이 나만 모르고 있었다.

나도 모르게 태희한테 전화를 하였다. 그냥 확신하고 싶었다.

태희의 목소리가 들리자 울컥 눈물이 치솟았다. 나는 그 눈물을 손으로 닦아내고는 낮게 말했다.

"태희야, 너도 알고 있었지? 그래서 나한테 전화한 거지? 별일 없냐고, 괜찮냐고……."

내 말이 끝나기도 전에 태희의 목소리가 들렸다.

"윤빈이한테 그 소식을 첨 들었고, 한동안 움직이지도 못했어. 사실 지금도 믿어지지 않아. 황 교수님은 최근 미투 사건이 연달아 터졌을 때도 언론에다 미투를 지지하는 글도 많이 기고하시고 그래서, 다른 사람인가 하고 몇 번이나 검색해보고 또 해보고……."

나는 태희한테 제발 그만하라고 소리치면서 전화를 끊어버렸다. 곧이어 다시 휴대전화가 울렸다. 나는 휴대전화를 바퀴벌레처럼, 그것이 터질 때까지 밟아버리고 싶었다.

'아, 이제 태희하고도 끝이구나! 지금까지 만난 남자들 중에서 가장 나를 잘 이해해주었던 친구였는데, 이게 대체 무슨 날벼락이야! 아빠아, 이게 대체 뭐냐고오!'

아빠가 옆에 있었다면 이제 나는 앞으로 어떻게 살아야 하

이 상 권

냐고, 아빠가 책임지라고 울고불고 소리치면서 생난리를 쳤을 것이다. 아빠가 교수직을 잃고 우리 집 생계가 막막해지는 것 따위는 관심 없었고, 내가 어떻게 살아가야만 할지 그것이 걱정이었다. 당장 선유랑 미정이를 어떻게 봐야 하고, 태희하고는 또 어떻게 해야만 하고, 학교 친구들은, 학원 친구들은……. 그들의 목소리가 들리지 않는 어디 먼 곳으로 이사라도 가야 하는 걸까. 그런 생각을 하다가 사레가 들린 것처럼 재채기를 해댔다.

한순간 내 삶이 추락해버렸다. 그것도 아빠 때문에, 내 의지하고는 전혀 무관하게.

아빠 얼굴이 떠올랐다. 사람들은 나한테 아빠랑 붕어빵이라고 했다. 내가 봐도 그렇다. 난 키 작은 아빠의 유전자를 가장 정직하게 물려받았다. 심지어 소심하고 예민한 성격까지. 다만 공부하는 유전자만 어디론가 이탈해버렸을 뿐. 아빠도 키가 작아서 청소년기에는 힘든 때도 있었지만 어른이 되고 나니까, 키 작은 것이 전혀 문제가 되지 않았다고 했다. 오히려 얼굴이 동안이라서 더욱 젊게 보였고, 그래서 아빠는 나이가 들어갈수록 작은 것이 더 좋아진다고 했다. 아빠는 옷차림이나 머리 스타일도 젊어 보였고, 생각하는 것도 젊은 학생들을 이해하려고 하였고, 그래서 흔히 말하는 꼰대 교수하고는 거리가 멀었다. 나는 아빠가 그렇게 늙어가기를 바랐다. 가끔은 그런 아빠가

자랑스럽기도 했다.

'어떻게, 어떻게, 이런 일이……!'

차라리 사기를 치거나 도둑질을 했다면 이렇게 비참하지는 않았을 텐데, 이게 뭐란 말인가.

나는 갑자기 '우엑, 우엑!' 토악질을 하였다. 분명 뭔가 쏟아져 나올 줄 알았는데, 신물만 나올 뿐 아무것도 나오지 않았다. 그래서 더 힘들고, 더 답답하고, 더 아팠다. 그게 아니라면 눈물이라도 터져버렸으면, 탄산수 병마개가 터져 나가듯이 뭐든 터져버렸으면 좋았을 텐데.

내 몸을 맘대로 할 수 없었다. 울고 싶어도 울 수도 없고, 토하고 싶어도 토할 수도 없고, 아빠를 양아치 같은 놈이라고 욕하면서 소리치고 싶어도 말이 나오지 않는다.

그때 누군가 나를 부르고 있었다.

뒤돌아보자 길 건너편에서 선유가 손을 흔들면서 소리쳤다.

"윤아야, 괜찮아? 그냥 거기 있어, 내가 그쪽으로 갈 테니까!"

왕복 4차선 도로에는 차들이 너무나도 무섭게 달리고 있었다. 저마다 강렬한 불을 켜고 있어서 그런지 몰라도 더욱 속도감이 느껴졌다.

선유 얼굴을 보자 나도 모르게 일어나서 뒷걸음질 쳤다. 선유의 눈에 서려 있을 아빠에 대한 분노와 배신감 그리고 실망감이 나한테 쏟아질 것이다. 어쩌면 이제 그만 만나자고 할지

　　　　　　　　　　／　이 상 권

도 모른다. 아니 나한테 마구 욕설을 쏟아낼지도 모른다. 그 어떤 일이든 다 감당할 수 있지만, 친구들에게 내 쓸쓸한 뒷모습만큼은 보여주고 싶지 않다. 그러기 위해서는 내가 먼저 정리를 해야만 한다.

나는 횡단보도를 건너오는 선유를 보았고, 그때부터는 누군가에게 쫓기듯이 달아났다. 그렇게 빨리 뛰어본 적은 한 번도 없었다. 큰길을 따라 달리다가 작은 골목으로 접어들었고, 그 골목이 미로처럼 끝이 없기를 바랐지만 금세 끝이 나면서 넓은 바다가 펼쳐졌다. 근처 어디에선가 폭죽이 터졌다. 나는 그 넓은 모래사장으로 뛰어나갔다. 점점 숨이 차왔다. 이상하게도 모래밭이 내 발목을 붙잡고 늘어지는 것 같았다. 내 앞쪽에서 미정이가 나타났다.

"윤아야, 거기 서!"

뒤쪽에서는 선유가 쫓아왔다.

"윤아야, 제발 거기 서라니까!"

내가 아무리 빨리 달려도 거리는 점점 좁혀지고 있었다. 잡히는 건 시간문제였다. 오늘 처음으로 짧은 다리가 원망스러웠다. 나는 갑자기 파도가 들이치는 바다로 방향을 바꿨다.

"윤아야, 너 미쳤어!"

"이 미친…… 너, 잡히면 진짜 죽을 줄 알아!"

모르겠다. 어떻게 하는 것이 현명한 판단인지. 나는 무작정

바다로 뛰어들었다. 1월의 바닷물은 겨울의 심장에서 흘러나오는 피 같았다. 그만큼 차갑고 아팠다. 온몸을 덮치는 그 물의 압력에 나는 뒤로 발라당 넘어졌고, 그때부터 날카로운 파도가 온몸으로 파고들었다. 단순히 가시처럼 찌르는 게 아니라 핏줄이며 뼛속으로 파고들어서 온몸을 헤집고 다녔다. 나는 이대로 끝나버려도 좋겠다고 소리쳤다. 그때 누군가 나를 덮쳤다.

"윤아야, 제발!"

"이 또라이 같은 년아! 미친년아!"

친구들이 나를 모래사장으로 끌어냈다. 선유는 내 옆으로 발라당 누워버렸고, 미정이는 마구 손바닥으로 나를 내리쳤다. 아무리 맞아도 전혀 아프지 않았다. 더 때려달라고 소리치고 싶을 정도였다.

때리다가 지친 미정이가 재채기를 해댔다.

"이 미친년, 여기서 때려죽이고 싶은데……. 열라 추워서 안 되겠다. 선유야, 어서 숙소로 끌고 가자!"

선유도 거칠게 숨을 내쉬면서 힘들어했다. 나를 센터로 세우고 양옆에서 부축한 친구들의 몸이 심하게 떨리고 있었다. 이까지 떨리는 소리가 들렸다. 나만 멀쩡한 모양이었다.

한참을 그렇게 끌려가다가 언제부터였는지 몰라도 내가 몸을 흔들면서 격하게 울고 있다는 것을 알았다. 나는 순간적으로 친구들을 뿌리치면서 땅바닥에 주저앉았다.

　　　　　이 상 권

"미안해, 미안해, 미안해……."

나는 그 말밖에 할 수 없었다.

"윤아야, 네가 뭐가 미안해? 네가 그런 것도 아닌데……."

선유가 내 옆으로 앉으면서 어깨를 감싸주었다.

나는 땅바닥을 손톱으로 긁어대면서 죄인처럼 울부짖었다.

"진짜 미안해, 미안해, 미안해……."

"야, 미친년아! 갑자기 미안해라는 말밖에 못하는 바보가 되어버렸냐? 왜 그래! 우리도 너만큼 마음이 아프고 처참하다구우! 그러니까 그만 청승 떨고 어서 가자! 얼어 디지겠다, 이년아!"

미정이가 마구 내 어깨를 흔들어댔다.

"제발 감기처럼 지나가는 거였음 좋겠는데, 그렇지 않으면 어떻게 살지? 야 미정아, 나 앞으로 어떻게 살지? 응? 선유야, 나 앞으로 어떻게 살아야 해?"

나는 그 말을 하면서, 제발 나를 좀 살려달라고 하듯이 미정이 손을 꼭 잡았다. 얼마나 세게 잡았는지 미정이가

"아야! 미친년아, 손 아프다고! 내 손 으스러지겠다!"

그렇게 소리치면서 나를 발로 차댔고, 선유는 빨갛게 충혈된 눈을 소매로 닦고 있었다.

바닷바람의 서슬은 갈수록 거칠어지고 있었다.

빡빡머리 앤

ⓒ 고정욱 김선영 박상률 박현숙 손현주 이상권, 2019

초판 1쇄 발행일 | 2020년 1월 2일
초판 4쇄 발행일 | 2021년 7월 1일

지은이 | 고정욱 김선영 박상률 박현숙 손현주 이상권
펴낸이 | 사태희
편집인 | 유관의
디자인 | 권수정
마케팅 | 장민영
제작인 | 이승욱 이대성

펴낸곳 | (주)특별한서재
출판등록 | 제2018-000085호
주 소 | 서울시 마포구 양화로 59 화승리버스텔 703호
전 화 | 02-3273-7878
팩 스 | 0505-832-0042
e-mail | specialbooks@naver.com
ISBN | 979-11-88912-64-3 (43810)